KB191171

야 비켜, 나 먼저 행복할게

DAREKA NO TAME NI IKISUGINAI

Copyright © 2023 by Fujino Tomoya

Original Japanese edition published by Discover 21, Inc., Tokyo, Japan
Korean edition published by arrangement with Discover 21, Inc. through
Danny Hong Agency

이상할 정도로 술술 읽히고
뒷배가 든든해지는 심리 치료 에세이

야 비켜, ·········· 나 먼저 행복할게

후지노 토모야 지음
이지현 옮김

북로그컴퍼니 Discover

저는 정신과 의사로 일하며 많은 사람들을 만납니다. 그러면서 자주 느끼는 것이 있습니다. 바로 '누군가'를 위해 열심히 노력하는 사람들도 정작 자신이 힘들 때는 스스로를 제대로 돌보지 않는다는 점입니다. 타인의 상태에는 민감하게 반응하며 "너무 무리하지 마세요." "많이 지친 것 같아요."라고 걱정하면서도, 정작 본인의 힘듦과 고통에는 무심한 경우가 많습니다. 물론, 열심히 노력하는 것 자체는 나쁜 일이 아닙니다. 하지만 남을 세심하게 신경 쓰는 것처럼, 자신의 고통과 힘겨움에도 관심을 기울였으면 합니다.

주위를 둘러보면 자식을 위해, 가족을 위해 물불 가리지 않고 일하는 사람들이 있습니다. 그러나 자신을 뒷전으로 미룬 채 지내다 보면 심신이 한계에 다다르게 됩니다. 결국 '힘들다'라고 비명을 지를 정도가 되어서야 지친 자신을 발견하지만, 그때까지도 스스로의 신호를 알아차리지 못하는 경우가 많습니다.

직장에서 '부하 직원을 위해서' '동료를 위해서' '팀원을 위해서' 헌신하는 사람들도 많습니다. 하지만 남을 위해 일하느라 정작 자신의 삶은 피폐해지고, 피로에 찌들어 휴일에는 잠으로만 시간을 보내기 일쑤입니다. 어린아이, 노약자, 환자 등을 가까이서 돌봐야 하는 사람들도 마찬가지입니다. 물론, 자신의 삶이 온전히 본인을 중심으로 돌아가기는 어렵습니다. 그러나 그럼에도 불구하고 자신의 인생을 소중히 여겨야 합니다.

죽을 만큼 괴롭고 힘들다면, 힘을 빼고 적당히 해도 괜찮습니다. 주변 사람에게 도움을 청하거나 기대도 됩니다. 자신을 가장 우선시해도 괜찮습니다. 무엇이든 혼자 다 짊어지려 애쓰지 않아도 됩니다.

또한, '누군가를 위해서'가 아니라 '회사를 위해서' '일을 위해서'라며 헌신하는 사람들도 있습니다. 이는 경제적으로 곤란한 상황이거나, 직장에서 자신의 입지가 약해서 생긴 불안감이 영향을 미쳤을 가능성이 큽니다. 물론, 직장이 있고 일을 하기 때문에 먹고살 수 있고, 좋아하는 것을 누릴 수 있습니다. 이는 부정할 수 없는 현실이며, 생계를 위한 문제이기에 어쩔 수 없는 부분도 있습니다. 그러나 그럼에도 불구하고 가장 중요한 것은 자기 자신입니다.

자신을 돌보지 않다가 갑자기 아프거나 쓰러진다면, 이보다 더 큰 슬픔이 있을까요? 당신은 스스로를 소중하고 아깝다고 여기며 자신의 가치를 제대로 느끼며 살고 있나요?

다른 사람이 정해 놓은 가치관이나 규칙에 맞추려 애쓰다 보니, 힘들고 괴로운 사람들이 많습니다. "어엿한 사회인이 되었으니 주변 사람과 원만하게 지내야 한다." "엄마가 되었으니 이제 아이를 위해 참아야 한다." "여기저기 전전하지 말고 정규직으로 취직해야 한다." 혹시 이렇게 누군가가 만들어 놓은 '~해야 한다' '~하는 것이 행복이다' 같은 가치관이나 규칙에 자신을 억지로 끼워 맞추려 무던히 애쓰고 있지는 않나요?

어렸을 때부터 부모나 선생님의 "~해라." "~해야 행복해질 수 있다."라는 말을 귀에 못이 박히도록 듣고 자라서 그럴 수도 있습니다. 또는 자신감이 부족해 주변이나 세상 사람들의 "~해야 한다." "모름지기 사람은 이래야 한다." 같은 생각에 휩쓸려서 그럴 수도 있습니다. 그러나 남이 정해 놓은 틀에 나를 끼워 맞추려 하면, "나는 ○○가 하고 싶다." "나는 □□하는 편이 더 좋다." "나의 행복은 △△이다."와 같은 자기 인식을 할 수도, 느낄 수도 없습니다. 결국 이런 감각을 점점 잃게 되는 것이죠.

게다가, 요즘은 소셜 네트워크(SNS)의 발달로 다른 사람들의 화려한 활동이나 성과, 성공을 쉽게 접할 수 있게 되었습니다. 그로 인해 우리는 남들과 끊임없이 비교할 수밖에 없는 환경에 노출되어 있습니다. '나는 나대로 괜찮다' '나답게 산다'라는 마음이 흔들리기 쉬운 시대입니다. 하지만, 누군가가 정해 놓은 가치관이나 규칙, 정답에 휩쓸려 동요한다면, '나의 가치관' '내가 하고 싶은 일' '나의 행복'이 무엇인지 알 수 없게 됩니다.

당신은 '누군가'의 기대에 부응하기 위해 태어난 것이 아닙니다. '누군가'의 가치관이나 규칙에 자신을 억지로 끼워 맞추지 않아도 됩니다.

본론에서 자세히 다루겠지만 '자신의 행복이 무엇인지' '자신에게 편하고 기분 좋은 것이 무엇인지'를 아는 것은 매우 중요합니다. '자신의 행복' '자신이 편하게 느끼는 것'을 알고 그것을 소중히 여기는 행동이야말로 긴장을 풀고 자신의 인생을 유유히 살아가는 요령이기 때문입니다.

당신은 하고 싶은 일을 하면 됩니다. 진심으로 '행복하다'고 느끼는 것을 소중히 여기세요. 조금 더 '자기답게' 살아도 아무 문제 없습니다. '누군가를 위한' 인생이 아니라 '자신을 위한' 인생을 사는 것이 가장 중요합니다.

물론 이런 말을 듣고 어느 날 갑자기 '누군가를 위해서'를 멈추기는 어려울 거예요. 그렇게 하지 못하는 사람이 대부분일 것입니다. 그러니 조금씩만 누군가를 위해 했던 일을 줄여보세요. 그리고 줄인 만큼 자신을 위한 시간을 늘리세요. 긴장을 풀고, 누군가를 위해 살아온 자신에게 조금씩 여유를 주세요. 꼭 이렇게 해보세요.

여담이지만, 저는 제가 하고 싶은 일을 하며 살고 있습니다. 정신과 의사로 일하면서 집필 활동도 하고 있는데요. 그렇게 저만의 생활을 소중히 여기며 살아가고 있습니다. 대충해도 되는 일은 대충하기도 하고, 남에게 부탁하기도 하며, 때로는 기대기도 합니다. 방이 조금 더러운 편이 낫지, 청소하는 건 스트레스라서 하지 않습니다. 설거지도 식기세척기를 사용하고 있고요. 저는 '이대로의 내가 좋다'라고 생각합니다.

아마도 이런 생각은 어렸을 때 심장병을 앓았던 경험이 크게 작용한 것 같습니다. 가와사키병으로 인해 심장에 혹이 생겼는데, 성인이 될 때까지 살 수 있을지 모르겠다는 말을 들었었거든요. 학창 시절에는 친구들과 마음껏 뛰어놀 수도 없었고, 과격한 운동도 할 수 없어 포기해야만 하는 것들이 참 많았습니다. 지금도 약을 복용하고 있어서 스스로 제한해야 하는 부분이 여전히 있습니다.

'남들보다 일찍 죽을 수도 있다'는 것을 직접 피부로 느꼈기 때문일까요? 저는 '저에게 주어진 시간 동안 할 수 있는 것만 하고 싶다'라고 생각합니다. 무엇을 하든 나와 상관없는 사람, 대하기 어려운 사람, 같은 공간에 함께 있기조차 싫은 사람이 하는 말에 동요하거나 휩쓸리고 싶지 않습니다. 그런 데 낭비하는 시간이 무척 아깝거든요. 그리고 소중한 사람을 위한 일이라도 만약 제가 힘들거나 고통스럽다면, 먼저 '저 자신'을 우선하고 싶습니다.

저는 매일 트위터(Twitter) 등의 소셜 네트워크에 이런 말들을 올리고 있습니다. 왜냐하면 우리 주변에는 괴롭거나 힘들 때 '마음의 병'이 생기는 사람이 있기 때문입니다. 그들이 병을 앓거나 상태가 심각해지기 전에, 이런 SNS 글을 보거나 책을 읽으면 마음이 편안해지고 회복할 수 있다고 믿습니다.

그런 의미에서 책도 쓰고 있습니다. 이 책은 직장에서든 집에서든 남을 위해 애쓰는 사람, 인간관계에서 다른 사람이 정해 놓은 가치관이나 규칙에 자신을 끼워 맞추거나 쉽게 영향을 받는 사람들을 위해 썼습니다. 만약 자신이 남을 위한 삶을 살고 있다고 느껴진다면, 잠시 멈춰 단 한 번이라도 좋으니 스스로에게 격려의 말을 건네고, 자신을 돌보며 소중히 여기는 계기를 만들었으면 합니다.

'힘내자!' 하는 생각이 들 때야 말로 '내가 너무 애를 쓰고 있는 건 아닌가?' 하고 곰곰이 생각해볼 시간이 필요한 순간입니다.

2023년 4월

후지노 토모야(藤野智哉)

차 례

4장 너무 애쓰지 않고 무리하지 않는 인간관계에 대한 힌트

5장 그냥 행복해지면 안 되나요?

1장

일단 쉬어도 괜찮다

양치질만 해도 대단한 거야!

몸이 천근만근인데

기어다니지 않는 게 어디야!

이 책은 '누군가를 위한 삶'을 그만두고 스스로를 소중히 여기는 '자신을 위한 삶'에 대한 힌트를 담고 있습니다. 본론으로 들어가기 전에 한 가지 짚어봐야 할 중요한 점이 있습니다. 지금 당신은 지쳐 있지 않나요? 새로운 일을 시작할 수 있는 상태인가요? 만약 지치고 힘든 상태라면, 책을 읽는 것조차 어려울 것입니다. 무언가를 하는 것만으로도 괴로울 테니까요.

지치고 힘들 때는 '열심히 했다'의 기준을 '오늘 아침에도 잘 일어났다' 정도로 낮추는 것이 좋습니다. 흔히 "오늘 아무것도 못 했어…"라며 자책하는 경우가 많지만, 사실은 그렇지 않습니다. '아침에 일어나 세수를 하고 옷을 갈아입고 아침밥을 챙겨 먹고 지하철에 몸을 싣고 일터로 향한다' '꼴도 보기 싫은 사람에게 애써 미소를 지으며 말을 건넨다' '사무실 책상에 앉아서 열심히 컴퓨터 작업을 한다' 이것만으로도 이미 당신은 충분합니다. 무리해서 억지로 새로운 일을 시작하거나 자신을 바꾸려 애쓰며 힘들게 책을 읽지 않아도 됩니다. 이 책도 지치거나 힘들 때는 그냥 덮고 주무세요.

우리의 일상에는 수많은 일들이 있습니다. 우리는 그런 일들을 당연하게 여기고 아무렇지 않게 해냅니다. 하지만 그것은 절대 당연한 일이 아닙니다. 정말 대단한 일입니다. 그러니 지치고 힘들 때는 '성공 수위'를 낮추고, 자신을 편하게 해주는 것이 가장 좋습니다. '오늘은 양치질했으니까 됐어!' '가게 직원에게 고맙다고 인사했으면 잘한 거야. 그럼 대단하고말고' '애들을 무사히 등교시키다니 장하다!' 또는 이런 식으로 기준을 더 낮춰도 좋습니다. '몸이 이렇게나 천근만근인데 기어다니지 않는 게 얼마나 다행이야'라고 말입니다. '잘했다' '장하다' '대단하다'의 기준을 자신에게 맞춰 새롭게 정해보세요.

또한 스스로의 '노력'에 주목하거나 내가 '해낸 것'을 인정하는 것도 효과적입니다.

- 아침에 일어나서 출근한 나
- 마감일에 맞춰 서류를 작성한 나

- 몹시 지친 상태로 귀가했지만 깨끗하게 씻고 자는 나

어떤가요? 이미 충분하지 않은가요? 대견하고 기특하지 않나요? 매일 이렇게 열심히 사는 나를 앞으로 조금 더 칭찬해주고 인정해주세요. 억지로 노력하거나 무리해서 새로운 일을 시작하지 않아도 됩니다.

☆ 포인트

무리해서 새로운 일을 시작하지 않아도 된다.

양치질만 해도 대단한 거야!

몸이 천근만근인데 기어다니지 않는 게 어디야!

지치고 힘들 때는 '열심히 했다'의 기준을

'오늘 아침에도 잘 일어났다' 정도로 낮추자.

'장하다'의 기준을 나에게 맞추어 새롭게 정하자.

그렇게 나의 노력에 주목하고 내가 해낸 것을 인정하자.

22

지치고 힘들면
일단 하던 일을 멈추고 쉰다

누구에게나 아래와 같이 힘들고 지치고 괴로운 순간이 있습니다.

- 출근하기가 죽기보다 싫다
- 일이 손에 잘 안 잡힌다
- 만사가 귀찮다
- 아침에 일어나기 힘들다

이럴 때는 열 일을 제쳐두고 '쉬는 것'을 최우선으로 해야 합니다. 사람은 바쁘거나 피곤하면 행복을 느낄 수 없습니다. 자신의 상태에 따라 맛있는 음식, 아름다운 경치, 마음에 드는 옷, 갖고 싶은 물건에서 '행복하다'라고 느끼기도 하고, 전혀 느끼지 못하기도 합니다. 그래서 지치고 힘들 때 아무리 좋아하는 음식을 먹어도 '맛이 없다' '별로다'라고 느끼는 것이죠. 이럴 때는 좋아하는 영화조차 보고 싶지 않을 거예요. 그러니 힘들 때는 일단 '쉬는 것'이 가장 중요합니다.

'병원 진단서도 없는데 회사를 쉰다' '얼마나 힘든지 명확하게 설명할 수 없지만 맡은 일을 방치한다' '집안일을 돌보지 않는다' 등으로 죄책감을 느끼는 사람도 있을 겁니다. 그런데 지치고 힘든 자신을 외면한 채 계속해서 일하거나 애써봤자 결국에는 망가질 뿐이에요. 이럴 때는 '쉬는 것이 최선의 선택'이라고 자신을 타이르며 무조건 휴식을 취하세요.

'아무래도 우울증인 것 같다'며 진찰을 받으러 오는 분들이 있습니다. 참 어려운 문제인데요. 평소에 사람들은 '우울하다'라는 말을 무심코 내뱉지만, 정신과 의사는 '우울증'과 '우울한 상태'를 구분해서 사용합니다. '우울증'은 병원에서 진찰을 받고 의사가 진단을 내린 병명이고, '우울한 상태'는 병명이 아니라 평소와 달리 기분이 가라앉고 지친 상태를 가리키는 말로, 누구나 단기적으로 겪을 수 있는 일입니다.

예를 들어, 애인에게 차이거나 기르던 반려동물이 무지개다리를 건너는 등 충격적인 일을 겪으면 일시적으로 '우울한 상태'에 빠지게 됩니다. 보통 나흘 정도 잠을 설치거나 식욕이 떨어지고, 의욕을 잃기도 합니다.

이는 인간에게 일어나는 자연스러운 현상입니다. 우울한 상태가 모두 우울증으로 이어지는 것은 아닙니다. 우울한 상태에 빠졌을 때 무엇보다 중요한 것은 '휴식'입니다. '마음에 상처를 입었다, 지쳤다, 그러니까 쉬자'는 가장 기본적인 원칙입니다.

제대로 된 식사와 수면을 취하면 몸과 마음이 안정되면서 곧 회복할 수 있습니다. 병이 아닌 이상, 행복을 느낄 수 있는 몸과 마음의 상태로 언젠가는 돌아옵니다. 지치고 힘들다는 것을 인정하고 받아들이는 과정은 반드시 필요합니다. 그러니 지치고 힘들 때는 '일단 쉰다!'만 기억하세요.

☆ 포인트

'일단 쉰다!'를 기억하자.

누구에게나 힘들고 지치고 괴로운 순간이 있다.

힘들 때는 열 일 제쳐두고 일단 쉬는 것이 우선이다.

제대로 된 식사와 수면을 취하면
지친 몸과 마음을 금방 회복할 수 있다.

텔레비전을 봐도, 책을 읽어도
머릿속에 들어오지 않는다면?
몸이 보내는 피곤하다는 신호!

앞에서 '지치고 힘들 때는 일단 쉰다!'라고 말했는데요. 여러분이 꼭 알았으면 하는 것이 있습니다. 바로 '괴롭고 힘들 때일수록 오히려 불안하고 초조해서 쉬지 못하는 사람이 상당히 많다'는 사실입니다. 몸과 마음이 힘들어서 일을 쉬고 싶지만, '지금 쉬면 주변 사람에게 피해를 주게 돼' '내가 없으면 일이 잘 돌아가지 않을 거야. 여기서 멈출 수는 없어' '나도 괴롭지만 모두가 힘들어질 테니 계속해야 해' 하면서 '힘들지만 열심히 하자'라고 생각하는 경우가 꽤 많습니다. 육아와 일을 병행하며 직장에 다니는 워킹맘도 '이런 일로 쉬면 동료에게 폐를 끼치게 되고, 아이를 핑계로 약한 소리를 한다고 수군거릴지도 몰라'라며 불안해서 선뜻 쉬지 못합니다. '힘들다, 괴롭다, 지쳤다, 그러니 쉬자!'가 아니라 '힘들다, 괴롭다, 지쳤다, 그래도 힘내자!'의 패턴에 빠지기 쉬운 사람이 꽤 많은 것이죠.

그런데 '쉴 수 없다'고 생각하며 힘들고 괴로운 상태로 아무리 열심히 일해봤자 결국 잘되지 않습니다. 따라서 우리는 몸이 보내는 '힘들다' '괴롭다'는 신호를 절대로 놓쳐서는 안 됩니다. 이러한 신호는 일상의 다양한 곳에서 발견할 수 있습니다. 숙면을 취하지 못하거나 식욕이 없거나 어지러운 증상, 혹은 안절부절못하거나 별것 아닌 일로 감정이 격해져 우는 행동 등은 몸이 보내는 '힘들다'는 신호입니다. 집에서 요리를 하지 못하는 사람도 있습니다. 손이 많이 가고 정성을 들여야 하는데, 몸과 마음이 힘들고 지친 상태에서는 어려운 일이지요.

이렇게 평소와 다른 증상이나 행동을 보인다면 '너무 지쳤다' '너무 애를 쓰고 있다'는 것을 알아차리고 자신을 돌봐주세요. 그런 자신에게 해줄 수 있는 것은 결국 편안한 '휴식'입니다. 몸이 보내는 신호를 놓치지 말고 반드시 살피세요. 그리고 그 신호를 알아차렸다면 곧바로 쉬세요. '텔레비전을 봐도 머릿속에 들어오지 않는다' '책을 읽어도 머릿속에 들어오지 않는다' 같은, 몸이 보내는 '피곤하다' '힘들다'는 신호를 놓치지 마세요.

☆ 포인트

평소와 다른 자신의 행동과 증상을 빠르게 알아차리자.

힘들고 지치고 괴로울 때는 우선 쉬자.

텔레비전을 봐도, 책을 읽어도 머릿속에 들어오지 않는다 등
몸이 내게 보내는 힘들다는 신호를 놓치지 말자.

평소와 다른 내 모습을 발견한다면 내가 너무 지치고
애쓰고 있다는 걸 깨닫고 스스로를 돌봐주자.

'무리하는 거 아니지?'
'지친 거 아니야?'
라고 나에게 말을 걸어보자

만일 상대방이 건넨 '힘내!' '넌 할 수 있어!'가 압박으로 다가온다면, 그때는 오히려 힘을 내지 말아야 할 때입니다. 물론 상대방의 말투나 분위기에 따라 다를 수 있지만, 이 말을 휴식을 취해야 할지 말지를 가늠하는 하나의 기준으로 삼았으면 합니다. '힘내!' '넌 할 수 있어!'뿐만 아니라 단순한 격려의 말이나 대화조차 부정적으로 받아들여진다면, 억지로라도 휴식을 취하는 편이 낫습니다.

"힘들지 않아? 무리하는 것 같아." "지친 거 아니야?"라며 다른 사람의 상태를 세심하게 살피는 사람도 정작 본인의 피곤함이나 괴로움은 눈여겨보지 못하기도 합니다. 다른 사람의 상태를 살피고 알아차리는 것처럼 자신의 상태도 잘 살피면서 스스로의 신호를 금세 알아차렸으면 좋겠습니다. 내가 나의 가장 든든한 '아군'이 되어야 합니다.

일이 뜻대로 되지 않았을 때 '이렇게 했으면 좋았을 텐데…'라며 자신을 질책하고 비난하는 마음이 들더라도, '나는 나의 아군'이라고 생각하면 '여기까지 열심히 노력했구나!' '도전한 것 자체가 참 대단한 거야!' 같은 따뜻한 말을 자신에게 건넬 수 있을 겁니다. 때로는 자신의 든든한 아군이 되어 "힘들지 않아? 무리하는 것 같은데." "지친 거 아니야?"라며 스스로를 살피고 돌봐주세요.

'오늘 그렇게 행동하기 쉽지 않았을 텐데, 예의 바르게 잘했어!' '괜찮다고 말했지만 속으로는 전혀 아니었지?' 이렇게 무리했을 자신, 혹은 괴로웠을 자신의 상태를 살피고 알아차렸다면 대성공입니다. 일단 '싫은 것은 싫다' '안 되는 것은 안 된다'를 스스로 깨달은 것만으로도 충분합니다. 물론 '싫더라도 싫은 티를 내지 않는 사람이 성숙한 어른'이라고 생각하는 사람도 있을 것입니다. 하지만 그것은 가식이고 거짓입니다. 그런 식으로 자신을 궁지로 몰아넣지 않았으면 합니다.

그렇다고 싫은 티를 팍팍 내라는 뜻은 아닙니다. 가령 거래처 사람에게 듣기 싫은 말을 듣고 노골적으로 불편한 기색을 드러낸다면, 일을 그르칠 수도 있겠지요. 하지만 집에 돌아와서까지 하고 싶은 말을 하지 못하고, 직장에서 겪은 불쾌한 기분을 꾹꾹 눌러 담으며 아무 일 없었다는 듯 행동한다면 반드시 어딘가에서 탈이 나기 마련입니다.

불쾌하고 싫은 감정은 아무리 참아도 사라지지 않습니다. 사라지지 않고 켜켜이 쌓이게 되지요. 그렇게 쌓이고 쌓여서 언젠가 폭발하거나 탈이 나거나, 마음에 상처를 남기는 때도 있습니다. 그러니 편안한 공간에서 '지금 좀 힘들어 보이는데 괜찮아?' '무리하는 건 아니지?'라며 나의 상태를 확인해 보세요. 적어도 나만은 나의 기분을 소중하게 다루어야 합니다. 이런 마음가짐을 가지길 바랍니다.

☆ 포인트

다른 사람에게 신경 쓰듯이 나에게도 신경을 쓰자.

상대방이 건넨 힘내라는 말이 압박으로 다가온다면

그때는 힘을 내지 말고 쉬어야 할 때이다.

다른 사람을 신경 쓰는 것처럼 나의 상태도 잘 살펴주자.

내가 나 자신의 가장 든든한 아군이 되어야 한다.

나만은 나의 기분을 소중하게 다루어주자.

05

농땡이 치는 것이 아니라
에너지 충전을 하고 있을 뿐!

사람은 우울하면 일이 손에 잡히지 않아 하던 일을 멈추고 쉬게 됩니다. 그래서 '우울한 사람=쉰다'라고 생각하기 마련인데, 실은 정반대입니다. 오히려 적절한 타이밍에 쉬지 못해서 우울해지는 경우가 더 많습니다. '주변 사람에게 피해를 준다' '나만 쉬는 것은 눈치도 보이고 미안하다' '심각한 병에 걸린 것도 아닌데' 등, 쉬지 못하는 수많은 이유를 찾는 사람이 있습니다. 이런 사람은 반대로 '쉬어야 할 이유'를 더 많이 찾아야 합니다.

쉬지 못하는 이유는 쉽게 떠올릴 수 있지만, 명확한 용건이나 병명 외에 쉬어야 할 이유를 잘 생각하지 못하는 사람도 있습니다. 그럴 때는 다음과 같이 스스로 납득할 만한 '쉬어야 할 이유'를 만들어보세요.

- 힘들 때는 뭐든 해봤자 효율이 떨어진다.
- 내일 최상의 컨디션으로 일하려면 오늘은 쉬자.
- 아이를 생각하면, 너무 애쓰다가 쓰러지는 것보다 쉬는 게 낫다.
- 쉬어도 일에 큰 지장은 없다.

- 회사 일은 어떻게든 굴러갈 테고, 내 몸이 제일 소중하다.

그리고 '힘들다' '지쳤다'고 느껴질 때 이러한 '쉬어야 할 이유'를 스스로에게 들려주세요. 다음과 같은 말을 자신에게 찬찬히 들려주는 것도 좋습니다.

- 쉬고 싶다는 생각이 들었을 때가 쉬어야 할 때다.
- 농땡이를 피우는 것이 아니라 에너지를 충전하고 있을 뿐이다.

어깨의 힘을 빼고 긴장을 풀며 '이제 쉬자!'라고 생각하세요. 이렇게 '마음 편히 쉴 수 있도록 자신에게 건넬 수 있는 말'을 되도록 많이 찾아서 외워 두세요. 그리고 스스로에게 들려주세요. 만일의 경우 큰 도움이 됩니다. '힘들고 괴롭다면 이런 말을 되뇌면서 일단 쉰다!'를 기억하세요.

☆ 포인트

편히 쉴 수 있도록 나에게 건넬 말을 생각해 보자.

적절한 타이밍에 쉬지 못한다면 우울해지기 쉽다.

내가 쉬어야만 할 이유를 더 많이 찾아야 한다.

지금 너무 힘들고 괴롭다면,

힘을 빼고 긴장을 풀고 일단 무조건 쉰다!

06

열심히 하자는 생각만 하다가
인생이 끝날 수도 있지만
그런 인생도 나름대로 좋다

저는 당신이 '쉬지 않고 열심히 노력하는 사람'이 아니라, '지속적으로 열심히 노력하기 위해 잘 쉬는 사람'이 되었으면 합니다. 그러려면 '힘내자!' '열심히 하자!' 하는 생각이 들었을 때, 동시에 '그만큼 어디에서 손을 떼면 좋을지'를 생각해야 합니다.

사람은 저마다 열심히 할 수 있는 양에 한계가 있습니다. 그래서 '다이어트를 하려고 피트니스 센터에 다닌다면, 집청소는 설렁설렁하자'와 같은 요령이 필요하지요. 무언가 새로운 일을 시작할 때는 불필요한 것을 버리고 주변을 정리하듯, 해야 할 일도 적절히 줄여야 합니다.

'일을 많이 해야 보람차고 멋있다'라며 자신에게 엄격한 사람도 많고, '어영부영하다 보니 하루가 끝나버렸다'라며 낙심하는 사람도 있습니다. 하지만 소중한 시간을 그렇게 보내는 것만큼 최고의 사치가 어디 있을까요? 가끔은 그런 사치스러운 하루를 보내도 됩니다. '아무것도 하지 않는 게 너무 힘들다'라며 여행을 떠나는 사람도 있는데, 이 '아무것도 하지 않는다'를 집에서 할 수 있으니 얼마나 행복한 일입니까?

내일 해도 되는 일은 내일 하세요. 물론 내일 할 수 있는 일도 오늘로 당겨서 미리 해치우는 사람이 많지요. 그런데 만일 내일 죽는다면 어떻게 하겠습니까? 내일 하려고 남겨둔 귀찮은 일을 하지 않고 떠날 수 있으니 얼마나 좋을까요? 만약 제가 오늘 억지로 싫은 일을 꾸역꾸역 다 해놓고 내일 죽는다면 무척 억울할 것 같습니다. 그러니 '내일부터 열심히 하자!' 하면 됩니다. '내일부터 최선을 다해 열심히 해야지'라고 생각하는 동안 인생이 끝나버렸다고 한들, 그런 인생도 나름대로 좋지 않은가요?

평소의 업무나 일상은 그대로 유지하고, 죽을힘을 다하겠다는 굳은 의지는 정말 필요한 순간에 다지도록 하세요. 비상사태가 일어나지 않고 평소처럼 일하다가 삶을 마칠 수 있다면, 그보다 더 큰 복이 어디 있을까요? 흔히 '죽을힘을 다해 열심히 하라'고 말하지만, 그렇게 애쓰지 않아도 충분히 할 수 있다면, 그것만큼 좋은 일은 없을 것입니다.

그리고 요즘 같은 에너지 절약 시대에, 우리의 인생 에너지도 조금 절약할 수 있다면 좋지 않을까요? '에너지를 절약해야 한다'며 야단법석을 떨면서, 왜 우리 인생은 쉬지 않고 풀가동해야 하는지 의문입니다.

인생 에너지를 절약하면 삶에 여유가 생기는 이점이 있습니다. 여유가 있으면 예상치 못한 일이 일어났을 때도 당황하지 않습니다. 하지만 평소에 전력을 다해 달리면, 예측 불가능한 일이 벌어졌을 때 이미 한계에 다다른 상태라 제대로 대응할 수 없습니다. 또한, 삶에 여유가 생기면 객관적으로 자신을 바라볼 수 있고, '아직은 내가 스스로 대응하고 처리할 수 있다'며 차분하게 수습할 수 있습니다. 그렇기에 저는 인생 에너지는 절약하고 비축해 두는 편이 좋다고 생각합니다.

☆ 포인트

내일 해도 되는 일은 내일 하자.

44

지속적으로 열심히 노력하기 위해서, '잘 쉬는 사람'이 되자.

평소에 에너지를 절약해두어야 삶의 여유를 찾을 수 있다.

내일 해도 되는 일은 내일 하자.

07

두 다리는
도망가기 위해서 써도 된다

"지치고 힘들면 쉬세요."라고 하면, "쉬는 게 마치 농땡이 치는 것 같아서 죄책감이 들어요."라고 말하는 사람이 있을 것입니다. 하지만 쉬어도, 천천히 해도 괜찮습니다. 좋은 날을 위해 에너지를 충전해 둬야 하니까요. 만화 캐릭터 스누피도 이렇게 말했습니다. "내일이 엄청난 날일 것을 대비해서 푹 쉬어두는 거야." (I need plenty of rest in case tomorrow is a great day.)

휴식은 앞으로 나아가는 원동력이 되는 긍정적인 것입니다. 물론, 때로는 뒤로 가도 나쁠 것은 없습니다. '사람은 앞으로 나아가야 한다'라고 생각하는 사람이 많지만, 정작 앞으로 나아가고 싶지 않을 때는 잠시 멈춰 서거나 옆길로 새도 괜찮습니다. '다들 앞으로 나아가야 한다고 하지만, 그 방향이 정말 앞인지 누가 정한 것인가?' 하는 의문이 들 때도 있을 것입니다.

가령 동료가 '부장님이 좀 험악한 말을 퍼부어도, 앞으로 나아가는 과정이라고 긍정적으로 생각하고 열심히 일하자!'

라고 말했을 때, 정말로 그것이 앞으로 나아가는 과정인지 의문이 들지 않나요? 상사의 폭언을 참는 것은 동료와 상사에게만 긍정적인 일이 될 수 있을뿐, 정작 자신에게는 '후퇴' '외면' '괴롭힘'을 방치하는 것일 수도 있습니다.

그래서 무엇이 앞으로 나아가는 것이고, 무엇이 긍정적인 것인지는 스스로 결정해야 합니다. 지금 바라보고 있는 방향이 전진을 의미하는 앞이든, 빠져나가기 위한 앞이든 상관없습니다.

도망치는 것은 단순한 회피가 아닙니다. '공격해 오는 사람으로부터 도망친다' '소셜 네트워크에 올라오는 불쾌한 코멘트를 피한다' '불법을 일삼는 직장에서 빠져나온다' '결혼해야 한다는 압박감에서 벗어난다' '자신을 망치는 악마 같은 부모에게서 도망친다'. 이런 행동들이 과연 뒷걸음치는 부정적인 행동일까요?

사람에게 두 다리는 앞으로 나아가기 위해서 존재한다고

말하는 사람이 많지만, 저는 도망가기 위해서 사용해도 된다고 생각합니다. 왜냐하면 저런 상황에서는 도망치거나 벗어나는 방향이 본인에게는 '앞'이기 때문입니다.

억지로 무리하면서까지 앞으로 나아갈 필요는 없습니다. 불쾌하고 버티기 힘든 곳에서 도망쳐도 괜찮습니다. 불쾌한 일을 당했을 때 참고 웃는 것이 예의라면, 그런 예의는 버려도 됩니다. 진정 자신이 소중하게 여기는 것에 에너지를 쏟을 수 있도록 쉬어도 됩니다. 싫은 사람을 위해 힘들게 참지 마세요.

☆ 포인트

무엇이 앞으로 나아가는 것인지는 스스로 정한다.

두 다리는 앞으로 나아가기 위한 것만이 아니라,

도망가기 위해 사용해도 된다.

무엇이 앞으로 나아가는 것이고 나에게 긍정적인 것인지는

나 스스로 결정해야 한다. 도망치거나 벗어나는 것이

나에게는 '앞'일 수도 있다.

싫은 사람을 위해서 힘들게 참지 말자.

스트레스를 통제하는 법을

익히는 것이

강해지는 것보다 훨씬 더 중요하다

"어떻게 하면 마음을 다잡고 강해질 수 있을까요?"라는 질문을 받을 때가 있습니다. 하지만 마음을 다잡고 강해지는 것보다, 연약하더라도 자신의 삶을 위해 스트레스를 흘려보내거나 통제하는 방법을 익히는 것이 훨씬 더 중요합니다. 근육은 지속적으로 부하를 가하면 더 크게 키울 수 있습니다. 하지만 마음은 그렇지 않습니다. 계속해서 부하를 주면 결국 망가지고 맙니다.

최근 '회복 탄력성(resilience)'이라는 단어를 자주 듣습니다. 이는 '꺾여서 툭 부러지는 것이 아니라, 휘어졌다가 다시 원상태로 돌아가는 힘'을 의미하는데요. 보통 단단한 나무라고 하면 둘레가 두껍고 튼튼한 나무를 떠올리기 마련이지만, 저는 낭창낭창 잘 휘어지는 나무도 단단한 나무라고 생각합니다. 강풍이 불어도 단숨에 툭 꺾이지 않고, 바람을 따라 춤을 추듯 휘어지지요. 그러다 어느 순간 나무는 둘로 쪼개져 강풍을 그 사이로 흘려보내기도 합니다. 이렇게 무언가를 '흘려보내는 힘'도 강인함이 아닐까 생각합니다.

종종 서 있는 나무에 부목을 대놓은 경우가 있습니다. 나무의 무게를 부목으로 분산시켜 부러지거나 쓰러지지 않도록 지지해주는 것이지요. 혼자 힘들게 서 있을 필요가 없는 것입니다.

인간도 마찬가지입니다. 자신에게 가해지는 부담의 무게를 다른 사람의 도움으로 줄이는 것도 강인함입니다. 즉, 강해지는 방법은 아주 많습니다. 그러니 강해지려고 아등바등 애쓰지 말고, 흘려보내는 법을 배우거나 주변 사람에게 도와달라고 말하거나 기대세요. 이 역시 매우 중요합니다.

"자신의 마음을 단련하세요."라고 말하는 사람도 있지요. "내가 이렇게까지 심하게 말하는 건 다 너를 위해서야."라며 자신의 권력을 이용하는 상사도 있을지 모릅니다. 물론 그 말이 자신에게 도움이 된다면 들어도 좋지만, 저는 이런 문제로 상담을 받으러 오는 사람에게 이렇게 조언합니다. "진지하게 받아들이지 마세요." "그냥 흘려보내세요."

설령 '지금보다 더 강해지고 싶다'는 바람이 있더라도, 권력을 이용해 자신을 함부로 휘두르려는 상사에게 단련받을 필요는 없습니다. '이것은 내가 뛰어넘어야 할 시련이다'라고 말하는 사람도 있지만, 진심으로 그 시련을 뛰어넘을 필요가 있는지 곰곰이 생각해보세요. '다른 사람이 안겨준 시련을 내가 극복해야만 하는 이유가 무엇인지'를 고민하는 관점이 필요합니다. 시련은 피할 수 있다면 되도록 피하고 흘려보내는 편이 좋습니다.

"나는 ○○랑 △△만 있으면 족하니, 그런 시련 따위는 필요 없어!" 이런 자세도 좋습니다. 자신의 인생에서 필요한 것만 소중히 여기며 살아갑시다. 이런 유연한 취사 선택이 '마음의 강인함'을 만들어 줍니다.

☆ 포인트

흘려보내는 힘과 기대는 힘을 기르자.

시련은 피할 수 있다면 되도록 피하고 흘려보내는 편이 좋다.

마음을 다잡고 강해지는 것보다, 연약하더라도

나의 삶을 위해 스트레스를 흘려보내거나

통제하는 방법을 익히는 것이 훨씬 더 중요하다.

무언가를 '흘려보내는 힘'은 강인한 것이다.

09

아무것도 하지 않고
숨만 쉬며 사는 것도
멋지고 훌륭하다

"저는 ○○도, △△도, 심지어 이런 것조차도 못합니다."라고 말하는 사람이 많습니다.

- 여태까지 잘만 하던 양치질도 못 하게 되었다.
- 소셜 네트워크도 못 보겠고, 메신저에 답장도 쓰지 않는다.
- 화장할 기운조차 나질 않는다.
- 씻지도 않고 하루 종일 잠만 잔다.
- 뭐 하나 제대로 하는 게 없고 어디 먼 곳으로 사라지고 싶다는 생각뿐이다.

이렇게 스스로를 아무것도 못 하는 무능한 사람이라고 생각할 수도 있지만, 실은 그렇지 않습니다. 사람은 숨 쉬고 살아가는 것만으로도 많은 일을 하고 있습니다. '양치질은 못했어도 아침에 일어나서 스마트폰을 확인했다' '화장은 못했어도 냉장고를 열어 우유를 꺼내 마셨다'. 이렇게 아무리 어딘가로 사라지고 싶다고 생각해도, 결국 여기서 숨 쉬며 살아가고 있지 않나요? 괴롭고 힘든 마음과 맞서 싸우며 살아남지 않았나요? 그것만으로도 대단히 멋지고 훌륭한 일입니다. 무엇 하나 제대로 하지 못했다고 느껴도, 아무것도 하지 못했다고 자책해도, 심지어 하루 종일 누워만 있었어도 말이죠.

저는 늘 이렇게 생각합니다. '아무것도 못 해도, 그냥 숨 쉬고 살아가는 것이 얼마나 훌륭한 일인지' 꼭 알았으면 합니다. 무엇 하나 제대로 하지 못하고, 어디에 내놓고 자랑할 수 없는 부족한 자신을 아무 조건 없이 사랑하는 마음이랄까요? 이런 마음은 남에게 쉽게 휘둘리거나, 무조건 잘하려고 애쓰는 사람에게 매우 중요합니다.

이를 '자애(self-love)'라고 합니다. '자신을 사랑한다' '자신을 존중한다' '자신을 용서한다' '자신을 인정한다'는 뜻으로, '자기 수용'과도 비슷한 개념입니다.

"자애가 중요합니다. 자신을 많이 사랑하세요."라고 말하면, "무능하고 부족한 자신을 사랑할 수가 없어요." "저 자신을 인정할 수 있는 부분이 한 군데도 없습니다."라고 답하는 사람도 있습니다. 괜찮습니다. 좋은 점이 단 한 군데도 없어도 괜찮습니다! 왜냐하면 자애란 '이런 걸 할 수 있으니까' 혹은 '누구보다 뛰어나니까' 같은 이유가 필요한 것이 아니기 때문입니다.

자애란 지금 이 순간, 살아 숨 쉬는 있는 그대로의 자신을 사랑하는 것입니다. 아무것도 할 수 없는 무력한 갓난아기를 조건 없이 사랑하는 부모의 근원적인 수용과 같습니다. 이런 자애의 마음을 더욱 소중히 여겨주세요. '이것도 할 수 있어!' '저것도 할 수 있지!'라며 자신을 번지르르하게 꾸미는 자기 긍정은 유리처럼 쉽게 깨질 수 있습니다. '이것도 못 하고 저것도 못 하지만, 그런 나도 괜찮다'. 이렇게 생각할 수 있기를 바랍니다.

☆ 포인트

있는 그대로의 자신을 사랑하자.

아무것도 못해도 그저 숨 쉬고 살아가는 것만으로도
대단히 멋지고 훌륭한 일이다.

지금 여기에 살아 숨 쉬는,
있는 그대로의 나 자신을 사랑하자.

나 자신을 사랑하고, 인정하고, 존중하고,
용서하는 자애(self love)의 마음을 갖자.

10

'잘' 살아오기만 한 나를

한번 깨부숴보자

사람은 지치고 피곤하면 사소한 것에도 쉽게 짜증을 내고, 불안하고 초조해집니다. 주변의 일을 부정적으로 생각하거나, 소중한 것을 함부로 다루는 등 상태가 좋지 않죠. 그래서 가능하면 지치거나 힘들지 않게 지내는 것이 중요하다고 앞서 이야기했습니다.

그런데 지치고 힘들 때야말로 '잘' 살아온 자신을 깨부술 기회이기도 합니다. '잘 살았다'는 것이 나쁜 것은 아니지만, 의외로 다음과 같은 경우가 많습니다. '상식에 얽매여 잘 살아왔구나' '타인의 시선을 지나치게 신경 썼구나' '부모가 이끄는 대로 무조건 달려왔구나'. 이처럼 '잘'이라는 기준이 행복과는 동떨어진 경우도 많습니다. 그러니 '잘'에 맞춰 살다가 피곤하고 지쳤다면, 그런 자신을 깨부숴보는 것은 어떨까요?

- 매일 목욕했던 사람은 가끔 건너뛰어본다.
- 매일 화장을 열심히 했던 사람은 맨얼굴로 외출해본다.
- 빨래도 개지 않고, 방도 치우지 않은 채로 그냥 잔다.

- 직장에서 '혼자서는 도저히 못 하겠으니 도와달라'며 도움을 청한다.

이처럼 그동안 착실하게 잘 이어온 일상에서 잠시 손을 떼거나, 힘을 빼보는 것입니다.

"그렇게 했다가는 다들 이상한 시선으로 쳐다볼 거예요." "뭐든 잘해야 해요. 안 그러면 무능한 사람으로 오해받을지 몰라요." 이렇게 말하는 사람도 꽤 많겠지요? 그런데 의외로 '잘'과 '착실하게'는 자신이 스스로 만들어낸 사고의 틀일 뿐, 자세히 들여다보면 별것 아닙니다. '맨얼굴로 외출한다고요? 저는 절대로 못해요!'라고 말하는 사람도 많지만, 주변을 둘러보면 맨얼굴로 다니는 사람이 셀 수 없이 많다는 것을 알게 됩니다. 자신도 직접 맨얼굴로 다녀보고 '괜찮다'는 것을 깨닫는 순간, 지금까지 어깨에 짊어지고 있던 짐이 한결 가벼워질 것입니다.

따라서 '잘'과 '착실하게'에서 손을 떼고, 힘을 빼도 괜찮다고 생각할 수 있다면 당신은 진정한 승자입니다.

흔히 '연말에는 대청소를 해야 한다'고 생각하는 사람이 많습니다. 그런데 비밀 하나 알려드릴까요? 사실 아무것도 하지 않아도 새해를 기쁘게 맞이할 수 있습니다. 대청소를 하지 않은 사람, 한 해 동안 아무것도 이루지 못했다며 불안해하는 사람, 연말 분위기를 부담스럽게 느끼는 사람 등. 누군가가 정해놓은 '~해야 한다'에 얽매이지 말고, 편안하게 잠을 청하세요. 잘 자고 일어난 이튿날, 당신을 기다리는 것은 멋진 내년일 것입니다.

그렇습니다. '잘'과 '착실하게'에서 손을 떼도, 힘을 빼도 아무 일도 일어나지 않습니다. 오히려 우리의 마음이 한결 편해진다는 이야기입니다.

☆ 포인트

'잘' '착실하게'를 그만두자.

'잘' 사는 것에 맞추느라 피곤하고 지쳤다면

그런 자신을 깨부숴보자.

'잘'이어온 일상에서 손을 떼거나 힘을 빼보자.

'잘'하는 것에서 벗어나더라도 아무 일도 일어나지 않는다.

2장

조금 더 나에게 신경을 쓰자

11

아무리 노력하고 애를 써도
행복해질 수 없다면,
나의 행복을 모르기 때문!

집에서 가족들과 느긋하게 시간을 보내는 것이 '자신의 행복'임에도 불구하고, '회사의 행복'에 맞추기 위해 온갖 애를 쓰며 열심히 일하는 사람이 있습니다. 또한, 해외로 나가 활동적으로 사는 것이 '자신의 행복'임에도, '부모가 말하는 행복'에 맞추기 위해 성급하게 결혼을 해치우는 사람도 있습니다. 그리고 어느 날, 문득 멈춰 서서 이렇게 생각하지요. '이렇게 노력하고 애를 쓰는데, 왜 나는 행복해질 수 없는 걸까?' 혹시 이런 사람이 주변에 있습니까? 열심히 노력하고 애를 쓰는데도 왜 행복해질 수 없는 것일까요? 그 이유는 바로 자신의 행복이 무엇인지 모르기 때문입니다.

나답게, 그리고 행복하게 살기 위해 가장 중요한 것이 있습니다. 바로 자신이 무엇을 행복이라고 생각하는지를 아는 것입니다. 자신의 행복이 무엇인지 모르면, 타인이나 주변, 사회가 제시하는 '행복의 기준'에 맞추려 애쓰다가 결국 자신의 행복을 놓치고 맙니다.

그런데 실제로 '자신의 행복'을 안다는 것은 매우 어려운 일입니다. 어렸을 때부터 주변 사람에게 맞춰 살거나, 자신감이 부족하거나, '사람은 ~해야 한다'와 같은 사고방식에 얽매이면 '나는 이렇게 하고 싶다' '나는 이렇게 하면 기분이 좋다' 같은 감각을 기르지 못하게 됩니다. 그렇게 자신도 모르게 타인이나 사회의 기준에 맞추려 하다 보면, 자신의 행복이 점점 보이지 않게 되고, 결국 자신과 관계없는 일을 하면서 불행의 감정만 커져갑니다.

자, 이 책과 만났으니 이제 이런 부정적인 환경과는 이별합시다. 가령, '연봉 6000만 원 이상 버는 것이 행복이다'라고 말하는 사람도 있고, '3일에 한 번 좋아하는 과일을 먹을 수 있다면 행복하다'고 말하는 사람도 있으며, '매일 고양이에게 간식을 줄 수 있다면 행복하다'고 말하는 사람도 있을 것입니다. 이처럼 '행복의 기준'은 저마다 다릅니다.

당신이 생각하는 '행복의 기준'은 부모나 친구의 기준과 다를 수 있습니다. 이것은 마치 당신만의 정체성(identity)과도 같습니다. 정체성을 저절로 인식하는 사람이 있는가 하면, 자기 자신과 마주하지 않으면 인식할 수 없는 사람도 있습니다. 특히, 남에게 맞춰 살아온 시간이 많거나 심리적으로 불안하거나 자기 부정이 강한 사람은 자신의 정체성이나 행복의 기준을 찾기가 쉽지 않습니다. 하지만 다행히도, 자신만의 행복 기준을 만들어가는 방법은 다양합니다. 그러니 천천히, 조금씩 당신만의 행복을 만들어 나가길 바랍니다.

☆ 포인트

'자신의 행복이 무엇인지' 알자.

사람마다 행복의 기준은 모두 다르다.

내가 스스로 무엇을 행복이라고 생각하고 있는지를
잘 알아야 한다.

내가 생각하는 행복의 기준은 다른 사람의 기준과는 다르다.
이는 나만의 정체성과 같은 것이다.

12

강인함이란
불필요한 싸움을 그만둘 용기를
내는 것이다

선망하는 모델이나 연예인이 멋있고 예쁘다는 이유로, 자신도 살을 빼야 한다며 다이어트를 시작하거나 운동에 열을 올리는 사람이 있습니다. 순수한 동경이나 목표라면 괜찮지만, 만약 '뚱뚱한 내 모습이 싫다' '지금의 나를 바꿔야 한다'는 이유로 시작하는 것이라면 과연 그것이 진정한 자기 개발이나 자기 관리인지 곰곰이 생각해봐야 합니다. 최선을 다해 자기 개발과 자기 관리를 한다고 생각했지만, 어느새 힘들고 지쳐 결국 '제 살 깎아 먹기'로 전락하는 경우도 있기 때문입니다.

뚱뚱하면 사랑받을 수 없다는 생각에 극단적인 다이어트에 돌입하거나, 사람들과의 대화에 뒤처지지 않기 위해 무리해서 유행 상품을 사들이거나, 엄마들의 소셜 네트워크에 올라온 예쁜 도시락 사진을 보고 조급한 마음에 좋아하지도 않는 요리 학원에 다니는 등. 이것이 자신이 원해서 하는 일이라면 상관없지만, 그렇지 않은 경우도 많습니다. 내키지 않는 자기 개발과 자기 관리를 계속한들, 결국 본인의 마음만 피폐해질 뿐입니다.

진정한 자기 개발은 불필요한 집착과 허영을 버리고, 있는 그대로의 자신을 바라보는 것이 아닐까요? 그렇게 무리하지 않고 살아갈 때 당신의 삶이 가장 밝게 빛납니다.

그렇다면, 자신이 하고 있는 것이 자기 개발인지 아니면 제살 깎아 먹기인지 어떻게 알 수 있을까요? 이를 확인하는 가장 중요한 포인트는 '자신이 진심으로 하고 싶은 일인지 아닌지'를 따져 보는 것입니다. 내가 진심으로 하고 싶은 것인지, 아니면 주변 분위기에 휩쓸려서 하고 싶은 마음이 든 것인지 말입니다. 자, 자신에게 다음 두 가지 질문을 해 보세요.

- 나에게 소중한 것은 무엇인가?
- 어떤 때 가장 행복하다고 느끼는가?

즉, 무슨 일이 있어도 절대 양보할 수 없는 것과 자신에게 소중한 것이 무엇인지를 아는 것이 가장 중요한 포인트입니다. 그리고 자신이 무엇을 하고 있을 때 가장 행복하다고 느끼는지를 아는 것도 중요합니다. 단순히 왠지 행복한 것 같은 것이 아닙니다. 이것을 모르면, 무엇을 하든 언제까지나 만족할 수 없습니다.

소셜 네트워크에서 본 '행복할 것 같은 것'은 아무리 따라 해봐도, 아무리 사 모아도 그것이 자신에게 불필요한 것이라면 행복하기 어렵습니다. 요즘은 소셜 네트워크에 넘쳐나는 정보 덕분에 다른 사람의 행복을 엿볼 기회가 많아졌습니다. 하지만 그만큼 쓸데없는 경쟁이 양산되고 있기도 합니다.

저는 '강인함'이 '모두와 싸워서 이기는 것'이 아니라, '불필요한 싸움을 멈출 용기를 내는 것'이라고 생각합니다. 쓸데없는 경쟁이나 불필요한 경기를 그만두세요. 그리고 '나는 ○○이 소중하다' '△△할 때 가장 행복하다'와 같은 것들을 찾아봅시다. 앞에서 제시한 질문에 대한 답을 스스로 마주하고, 진지하게 생각해보세요. 가능하다면 노트나 일기에 적어보는 것도 좋습니다. 글로 쓰면 자신의 생각을 정리할 수 있고, 나중에 다시 꺼내보며 돌아볼 수도 있습니다. 또한, 자신을 누군가와 비교하거나 불필요한 경쟁을 하려고 할 때, '자신에게 소중한 것' '자신의 행복'을 확인하는 도구가 되어 줄 것입니다. 예를 들면 다음과 같습니다.

- 입욕제를 넣은 욕조에 몸을 담그는 것

- 강아지와 산책하는 것

- 공원에서 피크닉을 즐기는 것

- 몇몇 친구들과 술 한잔하는 것

- 온천 여행을 떠나는 것

- 부드럽고 포근한 속옷을 입는 것

이렇게 무엇이든 괜찮습니다. '내가 소중히 여기는 것' '나만의 행복'을 꼭 찾아서 기억해 두세요. 다른 사람과의 비교도 아니고, 누군가를 동경해서도 아닌 '오직 나만의 행복'. 그 행복이 무엇인지 아는 것은 매우 중요합니다.

☆ 포인트

'내가 소중히 여기는 것' '나의 행복'을 찾고 기억하자.

진정한 자기 개발은

있는 그대로의 나 자신을 바라보는 것이다.

내가 진심으로 하고 싶은 일인지 아닌지를 잘 따져보자.

모두와 싸워서 이기는 것보다 불필요한 싸움을

그만둘 용기를 내는 것이 바로 강인함이다.

자신에게 소중한 것은 무엇인가?

언제 행복을 느끼는가?

13

나에게는 나만의
훌륭하고 멋진 길이 있다

주위를 둘러보면 자기 자신을 괴롭히는 사람이 은근히 많습니다. 제가 "여러분은 자신에게 무척 엄격합니다."라고 말하면, "세상의 기준이 엄격해서 그런거예요."라는 반응이 돌아오는 경우가 많습니다. 과연 그럴까요?

가령, 작은 실수로 상사에게 한 소리를 들었다고 합시다. 자신에게 엄격한 사람은 '이런 일로 주의를 받다니, 난 정말 쓸모없는 인간이야…'라며 우울해합니다. 반면, 자신에게 엄격하지 않은 사람은 '그것 참 되게 깐깐하게 구네. 저 사람, 저녁 시간만 되면 저런다니까!'라며 별로 신경 쓰지 않습니다. 또한, 자신에게 엄격한 독신자는 '이 나이가 되도록 결혼도 안 하고 있으면 주변 사람들이 나를 문제 있는 사람으로 오해하겠지?'라며 조급해할지도 모릅니다. 하지만 자신에게 엄격하지 않은 독신자는 '이때까지 인연이 없었던 걸 어떡해?'라며 별로 신경 쓰지 않습니다.

이렇듯 우리는 주변 상황이나 주위 사람들이 엄격하다고 생각하지만, 실은 자신이 스스로를 엄격하게 대하고 궁지로 몰아넣기도 합니다. 본인에게 기대치가 가장 높은 사람은 결국 자기 자신입니다. 스스로를 꾸짖고, 책망하고, 절망의 늪으로 몰아넣는 것도 결국 자기 자신인 경우가 많습니다. 따라서 먼저 '나는 슈퍼맨이 아니다'라는 사실을 받아들이고 인정해야 합니다. 사람은 쉽게 '내가 못하는 것은 노력하지 않아서야' '노력이 부족하니 난 안 돼'라고 생각하지만, 인간에게는 한계가 있습니다. 이를 인정하지 않으면 '노력이 부족하다' '열심히 하지 않는다'라며 스스로를 끝없이 책망하게 됩니다.

그러나 우리의 삶은 '노력했으니 반드시 할 수 있다'가 전부는 아닙니다. 그렇다고 노력을 부정하는 것은 아닙니다. 자신이 할 수 있는 범위 내에서 노력하는 것, 그리고 그 범위 안에서 목표를 성취해 나가는 것은 매우 멋지고 가치 있는 일입니다. 향상심은 분명 좋은 것입니다. 자신이 할 수 있는 범위 내에서 목표를 이루기 위해 노력하는 것은 바람직합니다. 하지만 터무니없이 높은 기준과 비교하며, 현실적이지 않은 성취를 좇는 것은 오히려 부질없는 일일 수도 있습니다. 과연 그런 행동에 진정한 향상심이 있을까요?

요즘 소셜 네트워크를 보면 유능한 사람, 잘난 사람, 모델 뺨치게 예쁜 사람 등의 일상이 자주 올라옵니다. 이런 모습을 보고 동경하는 것은 상관없지만, 그들을 자신이 가야 할 길이나 목표로 설정한다면 결국 본인만 괴로워질 뿐입니다. 그들의 모습은 자신이 걸어가야 할 길이나 목표가 아닙니다. 그들은 도달할 수 없는 어딘가 먼 곳에 존재합니다.

이는 '아무리 발버둥 쳐도 그렇게 될 수 없다'는 부정적인 이야기를 하려는 것이 아닙니다. 당신에게는 당신만의 멋지고 훌륭한 길, 그리고 당신만이 도달할 수 있는 길이 있다는 뜻입니다. 자신과 관계없는 사람과 비교하며 스스로에게 상처를 주거나 괴롭히는 행동은 삼가도록 합시다. 대신 나만의 길을 당당히 걸어가길 바랍니다.

☆ 포인트

나는 슈퍼맨이 아니라는 것을 인정하자.

노력했다고 해서 모두 다 할 수 있는 것은 아니다.

내가 슈퍼맨이 아니라는 사실을 인정하자.

사람에게는 한계가 있기 마련이다.

나만이 갈 수 있는 멋지고 훌륭한 길을 가면 된다.

14

'나 같은 게 뭐라고' 와는

이별하자

겉으로는 '행복해지고 싶다'라고 말하면서도, 속으로는 '나 같은 게 행복해져도 되나?'라며 불안해하거나 무의식적으로 불행한 선택을 하는 사람이 의외로 많습니다. 과거는 과거에 묻어두고, 미래를 위해 이렇게 생각해보면 어떨까요? "나는 행복해질 권리가 있다. 아무것도 이루지 못했고, 결점과 단점뿐이라 해도 있는 그대로의 나로서 행복해질 권리가 있다."

자신이 행복해지는 것을 마음 깊이 진심으로 받아들일 수 있다면, 당신은 이미 승자입니다. 물론 여태까지 불행을 선택해 온 시간이 길었으니, 한순간에 바꾸기는 어려울 것입니다. 하지만 우선, 내가 무의식적으로 불행을 선택했을 수도 있다는 사실을 인정하는 것이 중요합니다.

참고로, 불행을 스스로 선택하는 사람들은 특정한 말을 자주 입버릇처럼 내뱉곤 합니다. 바로 '나 같은 게 뭐라고' '내가 뭐라고'입니다. '나 같은 게 뭐라고 하고 싶은 걸 하겠다고 말해. 안 돼. 무리야' '내가 뭐라고 괜찮은 배우자가 생기

겠어?' '나 같은 게 뭐라고 직장에서 인정받을 수 있겠어?'

이렇게 '나 같은 게 뭐라고' '내가 뭐라고'라는 생각과는 지금 당장 이별합시다. 자신을 인정하고 스스로를 허용하지 않으면 결코 행복해질 수 없습니다.

'나 같은 게 뭐라고'라는 생각은 단순한 착각일 뿐입니다. 어떤 근거도 없이 혼자 그렇게 믿어버리고 만들어온 허상에 불과하지요. 이 입버릇을 버리려면 자신의 장점을 제대로 보고, 관심을 기울여야 합니다. 물론 말로는 쉽지만, 실제로 행동으로 옮기려면 어려운 것이 사실입니다. 하지만 스스로를 인정하려는 작은 시도라도 시작하는 것이 중요합니다.

이럴 때 제가 추천하는 방법이 있습니다. 바로 자신을 소중한 친구라고 생각하는 것입니다. 눈앞에 소중한 친구, 즉 당신이 있습니다. 그런데 그 친구가 "난 뭘 해도 안 돼…"하며 몹시 우울해하고 있습니다. 이 친구에게 무슨 말을 해주고 싶나요?

"그렇지 않아. 하루도 빠지지 않고 회사에 성실하게 다니고 있잖아. 그것만으로도 네가 얼마나 대단한 사람인데." "힘들어하는 친구의 이야기를 잘 들어줬잖아. 넌 정말 멋진 사람이야." "얼마 전에 네가 만들어 준 거 너무 맛있었어! 요리천재가 따로 없다고 생각했지." "너는 참 괜찮은 사람이야. 그러니 '나 같은 게 뭐라고' 같은 생각은 하지 마." 이렇게 말해주고 싶지 않을까요?

당신에게는 당신이 미처 깨닫지 못한 장점이 많습니다. 그런 장점에 관심을 기울이고, 세심하게 바라봐주세요. 그리고 '나 같은 게 뭐라고' 하는 입버릇은 반드시 버리세요.

☆ 포인트

자신을 '소중한 친구'라고 여기고 장점을 바라보자.

나는 있는 그대로의 나로서 행복해질 권리가 있다.

'나 같은 게 뭐라고' 라고 말하는 입버릇을 버리자.

나를 인정하고 허용하지 않으면 행복해질 수 없다.

나에게는 내가 미처 깨닫지 못한 장점이 많다.

15

제일 중요한 것은
'일'이 아닌 '나 자신'

지금까지 성실하게, 묵묵히 일해 온 사람에게 "갑자기 너무 힘들어서 쉬겠다고 하거나 그렇게 행동하면 '내가 내가 아닌 것 같은 기분'이 들 것 같아요."라는 말을 들은 적이 있습니다. 이렇게 '내가 내가 아닌 것 같다'는 기분이 드는 것은 혹시 '자신=회사' '자신=일'이라고 생각하기 때문이 아닐까요? 이럴 때는 다음과 같은 질문을 스스로에게 던져 보면 좋을 것 같습니다. '나에게 일은 몇 번째로 중요한가?'

자신에게 중요한 것들을 목록으로 적어보라고 하면 '건강' '가족' '애인' 등 여러 가지가 떠오를 것입니다. 이때, 당신에게 '일'은 이런 것들보다 더 중요한가요? 우리는 흔히 '일'이 다른 것들보다 더 중요하고 우선해야 하는 것처럼 느낍니다. 그리고 실제로 중요한 부분이기도 하지요. 일을 해야 먹고살 수 있고, 집도 마련할 수 있으니까요. 하지만 당신의 몸과 마음을 병들게 하고 망가뜨릴 정도로 중요한 일일까요? 무리해서 일하다가 결국 쓰러지면, 어쩔 수 없이 일을 쉬게 됩니다. 그렇다면 수입이 조금 줄더라도 무리하지 않고 오래 지속하는 것이 더 중요하지 않을까요?

그러니 일이 버겁고 견디기 힘든데도 쉴 수 없는 상황이라면, 아니 그 이전에 '나에게 소중하고 중요한 것'이 무엇인지 한번 생각해보세요. 종이에 순위를 매겨 목록을 작성해 보는 것도 좋은 방법입니다. '나에게 소중하고 중요한 것'이라는 제목을 붙인 다음, 다음과 같은 질문을 스스로에게 던져보세요.

- 나에게 가장 소중한 것, 중요한 것은 무엇인가?
- 일은 몇 번째로 중요한가?
- 일이 정말 그렇게까지 중요한가?

그러면 자신을 희생하면서까지 일하는 것이 얼마나 어리석고, 부질없는 행동인지 깨닫게 될 것입니다.

물론 일이 힘들어도 스스로 업무 분량을 조정하기 어려운 경우도 있을 것입니다. 상사가 있거나, 어느 부분에서 손을 떼야 할지 판단하기 어렵거나, 스스로 통제할 수 있는 부분이 적을 때가 그렇지요. 만약 그렇다면 업무 외의 다른 것들을 줄이는 방법을 고려해보세요.

- 평일에는 외식을 하거나 반찬 가게에서 사다가 먹는다.
- 빨래는 몰아서 근처 빨래방에서 해치운다.
- 피곤할 때는 간단하게 샤워만 한다.
- 집 청소는 일주일에 한 번만 한다.

이렇게 '대충해도 되는 것'을 찾아보는 거예요. 대충해도 되는 것은 대충할 수 있도록 자신에게 숨통을 터줍시다. 그리고 일이 너무 많아서 일에 파묻힐 것 같을 때는 이런 부분을 더 많이 늘리세요. 물론 일이 너무 힘들어서 괴로울 때는 이직을 하거나 휴직을 하는 것도 한 방법입니다. 무리하지 않는 것이 제일 중요합니다. 일보다 당신이 소중하니까요.

☆ 포인트

'나에게 소중한 것, 중요한 것'이 무엇인지를 생각해보자.

제일 중요한 것은 일이 아니라 나 자신이다.

나를 희생하면서까지 일하는 것은
어리석고 부질없는 행동이다.

대충해도 되는 일을 찾고, 이 일들은 대충하면서
나에게 숨통을 터주자.

나에게 소중하고 중요한 것 순위

1

2

3

4

5

16

사람은 저마다
수용 능력이 다르다

"저는 능력이 없나 봐요. 야근 없이 일하는데도 이미 한계예요."라고 말하는 사람이 종종 있습니다. 그런데 저는 그렇게 생각하지 않습니다. 오히려 대단하고 아주 잘하고 있다고 생각합니다. '주 5일 8시간 근무'가 일반적이라고 하지만, 전혀 문제없이 그렇게 일할 수 있는 사람이 과연 몇이나 될까요? 실제로는 많지 않을 것입니다.

사람은 저마다의 수용 능력(capacity)이 있습니다. 하지만 우리는 무심코 '일반적인 기준'이나 '통상적인 기준'에 따라 자신의 능력을 판단하곤 합니다. 예를 들어, 어떤 사람은 풀타임으로 일하고도 매일 밤마다 놀 수 있지만, 어떤 사람은 평일에 집에서 충분히 쉬어야 일할 수 있습니다. 나의 수용 능력은 낮을 수도 있지만, 그것을 다른 사람과 비교하며 '나는 부족하다, 무능하다'라고 자신을 부정하는 것은 오히려 시간 낭비이자 쓸데없는 행동이 아닐까요?

그러니 완벽하지 않더라도 자신의 수용 능력과 체력이 어느 정도인지 일단 파악해 두는 것이 중요합니다. 제가 자주 추천하는 방법은 '힘든 정도를 나타내는 표'를 만드는 것입니다. 예를 들어, '이것을 할 수 없는 상황이라면, 40퍼센트 정도의 여력이 남아 있는 상태'와 같이 자신의 한계선을 미리 알아두는 것이죠. 예를 들면 '자기 전에 하는 반신욕이 귀찮게 느껴진다면, 힘든 정도 60퍼센트' '좋아하는 만화를 읽어도 재미없게 느껴진다면, 피로가 80퍼센트까지 쌓인 상태' 와 같이 자신만의 기준을 만들어 두면 피로가 어느 정도 쌓였는지 쉽게 파악할 수 있습니다.

- ☐ 아침에 일어났는데 몸이 무겁다 → 힘든 정도 20퍼센트
- ☐ sns에 인플루언서가 올린 글을 보고 짜증이 났다 → 힘든 정도 40퍼센트
- ☐ 생리 전에 불안하고 짜증이 난다 → 힘든 정도 50퍼센트
- ☐ 목욕하기 귀찮고 싫다 → 힘든 정도 60퍼센트
- ☐ 편의점 도시락만 먹는다 → 힘든 정도 70퍼센트
- ☐ 지금 당장 회사를 때려치우고 싶다 → 힘든 정도 90퍼센트

이렇게 '힘든 정도를 나타내는 표'를 만들어 보고 '자신의

한계'를 알아두세요. 그리고 이 표를 바탕으로 '그만둘 일'도 미리 정해 두는 것이 좋습니다. 불필요한 회식이나 주말 모임, 업무를 마친 후 배우는 것, 도시락 싸기 등 자신에게 부담이 되는 일들을 정리하는 거예요. 예를 들어, '힘든 정도가 60퍼센트라면 주말 모임은 거절하고 여유롭게 쉰다' '힘든 정도가 80퍼센트라면 유급 휴가를 낸다'와 같이 자기 나름의 기준을 만들어 두면, 자신의 한계를 넘지 않도록 조정하고 통제할 수 있습니다.

누구에게나 자신만의 수용 능력이 있습니다. 그러니 '힘든 정도의 기준'과 '그만둘 일'을 미리 정해 두세요. 선을 긋지 않고 어영부영하다 보면 여기저기 휩쓸려 자신의 한계에 부딪히고 결국 쓰러질 수도 있으니까요.

☆ 포인트

'일반적' '통상적'이라는 말에 현혹되지 말고
자신의 수용 능력을 알아두자.

힘든 정도를 나타내는 표

□ 　　　　　　　　　　　　힘든 정도

%

□ 　　　　　　　　　　　　힘든 정도

%

□ 　　　　　　　　　　　　힘든 정도

%

□ 　　　　　　　　　　　　힘든 정도

%

□ 　　　　　　　　　　　　힘든 정도

%

그만둘 일 작성하기

누구에게나 자신만의 수용 능력이 있다.

수용 능력에 대하여, 일반적이고 통상적인

기준에 흔들리지 말자.

힘든 일에 대해 선을 긋지 않으면

한계에 부딪혀 쓰러질 수도 있다.

17

내가 세상을 바라보는 관점이
내가 살아가는 세상을 바꾼다

"힘내!"라는 말을 들었을 때 당신은 어떤 생각이 드나요? '나에게 기대를 걸고 있구나' '그래, 열심히 하자!' 같은 생각이 든다면 괜찮습니다. 하지만 '나에게 부담을 주는군' '내가 아주 못한다고 생각하나 봐?'처럼 부정적인 방향으로 생각이 튄다면 주의할 필요가 있습니다. 같은 말을 들었더라도 어떻게 받아들이느냐에 따라 현재 상태를 어느 정도 파악할 수 있습니다.

타인의 이득이 나의 손해처럼 느껴진다면, 이는 자신이 무언가 만족스럽지 못하다는 신호일 수도 있습니다. 즉, '인지'가 나쁜 방향으로 치우쳤다면 심신의 상태가 좋지 않다는 의미일 가능성이 큽니다.

'인지(認知)'란 주변의 일이나 정보를 인식하고 이해하는 마음의 활동을 의미합니다. 인지는 사람마다 다르고, 같은 사람이라도 상황에 따라 달라질 수 있습니다. 무엇을 해도 즐거워 보이고 행복해 보이는 사람들은 사실 특별한 세계에 사는 것이 아닙니다. '행복'은 우리 주변 곳곳에 널려 있으며, 행복을 찾을 것인지 아니면 불행만을 바라볼 것인지에 따라 삶의 모습이 달라질 뿐입니다. 똑같은 경치를 봐도 어떤 사람은 행복을 느끼고, 어떤 사람은 아무 감정도 느끼지 못합니다. 이는 받아들이는 자세의 차이 때문이지요. 따라서 인지나 받아들이는 방식을 바꾸면, 자신을 둘러싼 세상이 달라지고 더 많은 행복을 느낄 수 있습니다.

이처럼 인지나 받아들이는 방식을 바꾸는 것을 '긍정의 발상 전환(reframing)'이라고 합니다. 이는 부정적인 표현을 긍정적인 표현으로 바꾸어 사고하는 방법입니다. 예를 들어, 눈앞의 상대를 '시끄럽고 말이 많은 사람'이라고 생각하기보다 '활발한 사람'이라고 바라보는 것입니다. 이러한 사고 방식의 전환이 가능해지면, 주변 환경을 보는 관점도 달라지고, 결국 자신을 둘러싼 세상도 크게 변하게 됩니다.

지하철 안에서 아이들이 소란을 피우는 모습을 봤을 때, 어떤 사람은 '가정교육이 덜 되었군' 하며 불쾌하게 생각하지만, 또 어떤 사람은 '아주 씩씩하고 활발한 아이들이구나'

하며 흐뭇하게 바라보기도 합니다. 상사가 갑자기 업무를 떠 넘겼을 때도 마찬가지입니다. '아, 일이 또 늘었어. 환장하겠 네'라고 짜증을 내는 사람이 있는가 하면, '일을 다 마치고 나면 술맛이 아주 끝내주겠는걸' 하고 긍정적으로 받아들이 는 사람도 있습니다. 이처럼 같은 상황이라도 받아들이는 방 법은 사람마다 다릅니다. 그러니 남들과 다르게 생각한다고 해서 걱정할 필요 없습니다. 오히려 다름이 당연한 것입니 다. 다만, 왠지 모르게 힘들고 지친다는 생각이 든다면 자신 의 인지를 한 번 의심해 보세요. '세상 살기 참 힘들다'는 생 각이 들었을 때, 세상을 바라보는 관점과 받아들이는 방식은 사실 그 어떤 누구도 아닌 자기 자신이 정하는 것이니까요.

인지의 전환이 가능하면 여러 면에서 삶이 훨씬 편안해집 니다. 가령 '나는 친구가 몇 명 없어서 불행하다'라는 생각이 들었을 때, '친구가 적은 사람은 불행하다'라는 인지를 의심 해 보세요. '친구가 적으면 왜 불행하다고 생각하는 거지?' 라고 스스로에게 질문해 보는 것입니다. 이런 의심과 의문을 자신에게 던져 보고 곰곰이 생각해보세요. '그래, 나는 누가 봐도 친구가 많지 않아. 그래도 그 몇 안 되는 친구들과 보내는 시간이 무척 즐거워. 그러니 불행하다고 느껴지지 않아' 또는 '친구가 몇 명 없어도 행복해 보이는 사람은 이 세상에 꽤 많아'라고 생각할 수도 있습니다. 이처럼 '친구가 몇 명 없는 사람은 불행하다'라는 자신의 인지를 의심하고 다시 생각해보는 과정에서, 그것이 단순한 착각이자 잘못된 고정관념이었다는 사실을 깨닫게 될 것입니다.

아마도 이러한 착각과 잘못된 고정관념은 자신이 직접 경험하고 느낀 것이 아니라, 주변 사람들이 하는 말이나 감정, 그리고 사회의 고정관념이 무의식적으로 섞여 들어갔을 가능성이 큽니다. 예를 들어, 학창 시절에 동급생들과 '친구가 적은 사람은 왠지 불쌍해 보이지 않아?'라는 주제로 대화를 나눈 경험이 있을 수도 있습니다. 혹은 대중매체에서 반복적으로 등장하는 '친구가 많으면 인생이 풍요롭다' 같은 메시지를 무심코 받아들였을 수도 있습니다. 이처럼 자신이 아닌 누군가의 인지를 그대로 받아들여 착각하게 된 것이지요.

이제는 자신의 인지를 의심하고 파헤쳐 보는 과정을 통해 조금씩 변화해보세요. 그러면 '실제로 나는 행복하다'는 사실을 깨닫게 될 것입니다.

'인지'가 나쁜 방향으로 치우쳤다면 이는 심신의 상태가

양호하지 않다는 신호일 수 있다.

'인지'를 바꾸면 자신을 둘러싼 세상이 달라지고

더 많은 행복을 느낄 수 있다.

행복은 도처에 널려 있고, 내가 행복을 찾을 것인지

아니면 불행을 찾을 것인지에 따라서 달라질 뿐이다.

18

나에게도 상대방에게도

크게 기대하지 말자

'인지'에 대해 조금 더 이야기해 보겠습니다. 한쪽으로 치우친 인지를 계속 갖고 있으면 잘못된 사고방식이 습관처럼 굳어질 수 있으니 조심해야 합니다. 이런 잘못된 사고방식의 습관 중에는 '인지의 왜곡'이라는 개념도 포함되며, 몇 가지 공통적인 특징이 있습니다. 이를 알고 있는 것만으로도 사고의 방향이 달라질 수 있습니다.

잘못된 사고방식의 습관 중 하나로 '~해야 한다는 사고'가 있습니다. 예를 들어, '여자는 결혼해서 아이를 낳아야 한다' '부모는 자식을 위해서 참아야 한다' '사람은 노력해서 더 높은 곳으로 올라가야 한다' 이처럼 다양한 '~해야 한다'라는 생각이 존재합니다. 진심으로 '결혼하고 싶다' '아이를 낳고 싶다' '상사의 어떤 지시라도 따르겠다'라고 생각한다면 문제될 것이 없습니다. 하지만 이러한 생각이 주변 사람이나 사회가 정해놓은 가치관에 영향을 받은 것이라면 상황이 달라집니다. '~해야 한다는 사고'에 사로잡혀 '결혼해야 한다' '아이를 낳아야 한다'라고 안절부절못하거나, '저렇게 무서운 상사 밑에서 계속 일할 수 있을까? 이직할까? 그런데 이

직이 될까?'처럼 불안해하며 고민하게 되는 것이지요.

　그래서 자신의 '~해야 한다는 사고'를 의심하는 습관을 가져야 합니다. 예를 들어, '결혼해야 한다'는 말을 자주 듣지만, 과연 본인이 정말로 결혼하고 싶은 것인지, 혹은 '상사의 지시를 따라야 한다'고 생각하면서도 아무리 상사의 말이라 해도 이렇게 힘들고 괴로운 일을 반드시 견뎌야 하는 것인지 스스로에게 물어보세요. 그렇게 자문해보면, '실은 열심히 일해서 자립적인 사람이 되고 싶은 것일지도 모른다'거나 '상사의 지시보다 자신이 훨씬 더 중요할지도 모른다'는 깨달음을 얻을 수도 있습니다. 결국 '~해야 한다는 사고'의 이면에는 자신의 진짜 바람과 본심이 숨겨져 있을 가능성이 큽니다.

　'~해야 한다는 사고'를 자신뿐만 아니라 상대방에게도 적용하는 경우가 있습니다. 이 역시 주의해야 합니다. 예를 들어, '데이트인데 각자 내자고?'라며 불만을 느꼈다면, 이는 '남자가 여자보다 더 많이 내야 한다'는 사고를 상대방에게 적용하고 있는 것일지도 모릅니다. 남에게 실망하거나 짜증이 날 때, 어쩌면 자신의 '~해야 한다는 사고'를 그 사람에게 기대하며 무의식적으로 강요하고 있는 것일 수도 있습니다. 하지만 자신도 남이 기대하는 대로 항상 움직일 수 없는 것처럼, 타인을 자신의 생각대로 움직이게 할 수는 없습니다.

자신에게도, 타인에게도 '~해야 한다는 사고'를 적용하고 있지는 않은지 의심해 보고, 가능하면 줄여 나갑시다. 또한 이러한 사고에서 벗어나 더욱 자유로워지기 위해서라도 '~해야 한다'는 표현을 최대한 사용하지 않도록 노력해 보세요.

☆ 포인트

자신의 마음속에 자리 잡은 '~해야 한다는 사고'를 의심해보자.

한쪽으로 인지가 편중되지 않도록 조심하자.

'~해야 한다'는 사고 방식을 의심하는 습관을 지니자.

상대방에게 '~해야 한다'는 사고를

적용시키는 것에 주의하자.

19

'항상'과 '절대로'는
언급하지 말자

'~해야 한다'와 마찬가지로 대화할 때 가능하면 사용하지 않는 것이 좋은 단어들이 있습니다. 바로 '항상' '절대로' '100퍼센트' 같은 표현들입니다. 아마 당신도 다음과 같은 말을 한 적이 있을 것입니다. "나는 항상 이럴 때 실수를 한단 말이지." "절대 잘 될 리가 없어!" "100퍼센트 내가 잘못한 거야…"

이렇게 몇 번밖에 일어나지 않은 일을 마치 모든 상황에서 반복되는 것처럼 인지하는 것을 '과도한 일반화'라고 합니다. 사실 다음번에는 성공할 수도 있고, 상황에 따라 잘 풀릴 가능성도 있지만, '모든 일이 잘 안 될 것'이라고 단정하는 것은 왜곡된 인지 방식입니다.

실패했을 때 '나는 항상 잘 안 된다' '늘 이런 식이다'라고 생각하면, 자신의 무능함에 실망하고 낙심하는 원인이 됩니다. 하지만 실제로 당신은 '항상' 그런가요? 분명 일이 잘 풀렸던 적도 있을 것입니다. '나는 항상 잘 안 된다'는 생각이 들었을 때, 과연 정말로 그런지 의심해보세요. 그리고 과거에 일이 잘 풀렸던 순간들을 떠올려보세요. 사소한 것이라도 괜찮습니다. 어떤가요? 항상 그런 것은 아니지요?

인간관계에서도 '항상'과 '절대로' 같은 표현은 사용하지 않는 편이 좋습니다. 예를 들어, 동료에게 "당신은 항상 그렇다."라고 말하는 것은 다소 위험할 수 있습니다. 왜냐하면 열 번 중 열 번을 정말 그렇게 행동했을 가능성은 낮기 때문입니다. 설령 열 번 모두 그랬다 하더라도, 열한 번째는 다를 수도 있습니다. 또한, 동료가 속으로 미안한 마음을 갖고 있었는데 그런 말을 듣는다면, 오히려 "매일 그런 건 아니야!"라며 감정적으로 반응할 수도 있습니다. 이는 불필요한 갈등을 일으킬 가능성이 큽니다.

비슷한 예로, 당신이 친구에게 어떤 이야기를 했을 때 "네가 100퍼센트 그렇게 말할 줄 알았어."라는 말을 들었다고 가정해 보세요. 이 말을 듣고 '나에 대해서 그렇게 잘 알아?' 하며 불쾌한 감정을 느꼈던 적이 있을 것입니다. '100퍼센트라니? 지가 나를 어떻게 알아?'라며 따지고 싶었던 경험도

한 번쯤 있었을지도 모릅니다. 따라서 '항상' '절대' '100퍼센트' 같은 표현을 사용하여 과도하게 일반화하기보다는, 있는 그대로의 상황을 받아들이는 것이 중요합니다.

일이 잘 풀렸던 때를 떠올려보자.

'항상' '절대로'라는 단어를 사용하는 것에 주의하자.

항상 잘 안 된다는 생각이 든다면

정말 그랬는지 의심해보고

일이 잘 풀렸던 순간들을 떠올려보자.

상황을 과도하게 일반화하지 말고

있는 그대로의 상황을 받아들이자.

20

당신이 걱정하는 일은
사실 거의 일어나지 않을 일이다

행복의 가장 큰 적은 무엇일까요? 바로 '걱정'입니다. 아무리 행복한 상황이라도 머릿속이 걱정으로 가득 차 있다면, 그 행복을 온전히 느낄 수 있을까요? 이런 걱정 역시 인지 왜곡의 영향일 가능성이 큽니다. "늙어서 혼자 살다가 외로우면 힘들겠지요? 그래서 독신인 게 걱정입니다." "병가로 회사를 쉬었다가 잘려서 길거리에 나앉을까 봐 걱정이에요." 하는 말을 자주 듣는데요. 사실 괜찮습니다. 왜냐하면 당신이 걱정하는 일은 대부분 일어나지 않기 때문입니다. 당신은 예언자가 아니니까요.

진심으로 '독신이라서 나중에 외로워질 것이다' '회사를 쉬면 길바닥에 나앉을 것이다'라고 생각하시나요? '독신=고독'이라고 여기는 사람도 있지만, '독신=자유'라고 생각하는 사람도 있습니다. 이처럼 동일한 정보라도 사람마다 받아들이는 방식이 다릅니다. 사람에 따라 '인지 왜곡'의 형태도 다양하게 나타나지요. 그래서 요즘은 '인지 왜곡'이라는 표현 자체도 점점 덜 사용되고 있습니다. '인지 왜곡을 고쳐야해'라며 머리를 싸매고 고민하지 마세요. 누구에게나 인지 왜곡은 있기 마련입니다. 일단 '잠깐! 나는 왜 이렇게 부정적으로 받아들이는 거지?'라며 한 걸음 물러서서 객관적으로 바라보는 것만으로도 충분합니다.

그다음에 지금까지 걱정했던 일이 실제로 일어났는지 되돌아보세요. 여태까지 이것저것 걱정이 많아서 '어떡하지? 이제 끝장이야…'라고 생각했던 적이 많지만, 삶은 끝나지 않았고 지금까지 잘 살아오지 않았나요? 그러니 설령 '끝장이다'라는 생각이 들어도 당신의 삶은 끝난 것이 아닙니다. 한 가지 더, 당신이 걱정한 일이 실제로 일어날 확률을 계산해보는 방법도 추천합니다. 예를 들어, 직장에서 생각보다 큰 실수를 저질렀을 때 그다음에 일어날 일을 확률로 따져보는 거예요.

- 실수를 만회하기 위해서 야근을 한다 95%

- 상사에게 심한 주의를 듣는다 70%

- 성과급에 영향이 미친다 60%

- 갑자기 해고된다 5%

어떻습니까? '해고될지도 모른다'며 걱정했던 일은 5%에 불과합니다. 그만큼 거의 일어나지 않는다는 뜻입니다. 결국 모두가 걱정하는 이유는 미래가 불확실하기 때문입니다. 불확실한 요소가 많아서 불안한 것이지요. 지금 자신이 어떤 상황인지를 구체적으로 생각하고 파악하면 걱정과 불안은 점차 잠잠해질 것입니다.

☆ 포인트

걱정하던 일이 실제로 일어날 확률을 따져보자.

걱정에 가득 차 있다면 행복을 느끼기가 어렵다.

내가 걱정하는 일은 거의 일어나지 않는다.

나는 예언자가 아니다.

걱정한 일이 실제로 일어날 확률을 계산해보면

걱정하지 않아도 된다는 것을 알 수 있다.

21

내가 사회에 적응해야 하는 게 아니라

사회가 나에게 적응해야 한다

하루하루 행복한 기분으로 지내려면 '여유'가 매우 중요합니다. 같은 상황에서도 여유가 있을 때와 없을 때의 기분은 전혀 다를 수 있습니다. 동료가 "옷에 뭐 묻었네요."라고 말했을 때, 평소라면 "알려줘서 고마워요."라고 답할 텐데, 여유가 없으면 "다른 사람들도 있는데 창피하게 그런 말을 하다니!"하며 짜증이 날지도 모릅니다.

마음에 여유가 있으면 문제가 되지 않는 경우가 많습니다. 하지만 우리는 점점 여유를 잃어가고 있습니다. 그 이유 중 하나는 '남의 시선을 너무 신경 쓰기 때문'입니다. '결혼하지 않고 계속 독신으로 지내면 주변 사람들이 뭐라고 하겠지?' '정규직으로 취직하지 못하면 사람들이 인정해 주지 않겠지?' 이런 생각들이 마음의 여유를 빼앗아갑니다.

그렇기에 우리는 오히려 "사회가 나에게 적응해야 한다."라고 말할 수 있을 만큼 두둑한 배짱을 가져야 합니다. 물론 현실적으로 사회가 우리에게 맞춰주지는 않겠지만, 그렇다고 반드시 사회에 적응해야 하는 것도 아닙니다. 있는 그대로 사는 것이 가장 중요합니다. '자기 마음대로'라는 말이 있습니다. 이 말은 어떤 의미에서 '자기답게' '당당하게'라는 뜻이 아닐까 싶습니다. "저 사람은 자기 마음대로야."라고 하면 험담처럼 들릴 수도 있지만, 우리는 '자기 마음대로'를 너무 부정적으로만 보는 것은 아닐까요? 원래 모습 그대로 존재하는 것, 자기 방식대로 살아가는 것, 멋지지 않나요?

어렸을 적 부모나 선생님에게 "자기 마음대로 억지 부리면 안 돼요!"라고 꾸지람을 자주 들었던 사람이라면 '자기 마음대로'라는 말에 부정적인 인상을 갖는 것이 당연합니다. 하지만 저는 '자기 마음대로'가 나쁜 것이 아니라, 그것을 어떻게 표현하느냐의 문제라고 생각합니다. 가령, 슈퍼마켓에서 과자가 먹고 싶어 바닥에 드러누워 떼를 쓰는 것은 바람직하지 않지만, 과자가 사고 싶다는 기분 자체는 전혀 나쁜 것이 아닙니다. 이와 마찬가지로, "나는 이렇게 지쳤으니 당신이 대신해"라고 누군가에게 부담을 떠넘기는 것은 적절하지 않지만, 지쳐서 쉬고 싶다는 감정이 드는 것은 자연스러운 일입니다.

그러니 마음에 떠오르는 감정을 억누르지 마세요. 조금 더 '자기 마음대로' 행동해도 괜찮습니다. "나는 지금 과자가 먹고 싶다." "피곤해서 일하기 싫다." 같은 감정을 인정하는 것은 전혀 문제되지 않습니다. 또한, "집에 가는 길에 편의점에 들러서 과자를 사자."라며 자기 마음을 따르는 것도 좋고, "내일은 일이 많으니 차질이 생기지 않도록 다음 주에 일이 정리되면 유급 휴가를 내고 푹 쉬자."처럼 허용 가능한 범위 내에서 조정하는 것도 좋은 방법입니다.

결국 감정은 저절로 생기는 것이니 억누르기보다는 받아들이는 것이 가장 중요합니다. 그 후에 '어떻게 행동할 것인지'를 고민하는 것이 핵심입니다.

☆ 포인트

마음에 생긴 자신의 감정을 들어주자.

마음에 여유를 가지고 있어야 행복할 수 있다.

내가 사회에 적응해야 하는 것이 아니라,

사회가 나에게 적응해야 한다.

배짱을 가지고 살아가자.

나의 감정을 억누르지 말고 있는 그대로 받아들이자.

22

싫은 사람을 위해서
소중한 시간을 낭비하지 말자

수명이 80세라면, 당신에게 주어진 시간은 80년입니다. 이 80년이 곧 당신의 목숨입니다. 즉, 시간은 '목숨'과 같습니다. 머리를 싸매고 고민하는 2시간도, 무리해서 야근하는 2시간도, 동료와 즐겁게 보내는 2시간도 모두 똑같이 2시간입니다. 시간을 사용하면 그만큼 당신의 목숨도 줄어드는 셈입니다. 그렇다면, 우선순위를 정해 불필요하게 낭비하는 시간을 줄여야 하지 않을까요?

물론 지금 당장 우선순위를 정하는 것이 쉽지는 않을 것입니다. 직장에서는 업무가 많고 상사의 눈치는 부담스럽고, 주말에는 피곤해서 쉬고 싶고, 가족과 함께하는 시간도 충분히 확보하지 못하는 등 고민이 많을 수 있습니다. 무엇을 우선해야 할지, 어떻게 정리해야 할지 막막한 사람도 있을 것입니다.

그런데 만일 당신에게 남은 시간이 얼마 없다면, 지금과 같은 행동을 계속하겠습니까? 아마 그렇지 않을 것입니다. 저는 심장병을 앓고 있고, 또한 의사이기에 '사람은 언제 죽을지 모른다'는 생각이 남들보다 강합니다. 그래서 싫은 사람을 떠올리거나 그들 때문에 고민하는 데 단 1분이라도 낭비하고 싶지 않습니다. 싫은 사람에 대한 생각은 무슨 수를 써서라도 하지 않으려 합니다. 같이 있기 불편한 사람이나 싫은 사람의 행동을 떠올리며 '도대체 그건 무슨 의미였던 거지?' '그렇게 행동하다니 너무 심하잖아!'라고 고민하는 것은 시간 낭비입니다.

싫은 사람을 위해 당신의 소중한 시간을 낭비하지 마세요. 그들을 위해 무언가를 한다는 것 자체가 얼마나 아깝습니까? 그보다 더 소중한 것들에 시간을 쓰는 것이 훨씬 의미 있는 일입니다. 이렇게 생각해보세요. '만일 내일 죽는다면, 나는 오늘 어떤 일을 할까?' 이 질문에 대한 답을 고민하는 동안, 당신에게 정말로 필요하지 않은 것이 무엇인지 더 명확하게 보일 것입니다.

☆ 포인트

'만일 내일 죽는다면?'을 생각해보자.

시간은 목숨과도 같이 소중한 것이다.

싫은 사람에 대해 생각하느라

목숨과 같이 소중한 시간을 낭비하지 말자.

만일 내일 죽는다면 오늘은 어떤 일을 할지에 대해

생각해보자.

3장

몸의 소리가 가르쳐주는 것

몸의 긴장을 풀면

마음의 긴장이 풀린다

2장에서는 '자신을 안다'와 '자신의 행복에 대해 생각한다'는 주제를 다루었습니다. 하지만 이를 읽고 나서 '갑자기 자신을 알라고 하니 잘 모르겠다' '내가 행복하다고 느끼는 것이 무엇인지 모르겠다'라며 고민하는 사람도 많을 것입니다. 머릿속으로 고민해보거나 종이에 적어보는 것은 깨달음을 얻는 데 도움이 되므로 중요한 과정입니다. 하지만 '직접 해보면서 아는 것'과 '체험을 통해서 아는 것'도 있습니다.

물론 실제로 해보면 예상과 다를 수도 있습니다. '라면을 먹으면 행복하다'고 생각하는 사람이 있는가 하면, '케이크를 먹으면 행복하다'고 생각하는 사람도 있습니다. 하지만 직접 먹어보지 않으면 어느 쪽에서 더 행복을 느끼는지 알 수 없습니다. 즉, 머릿속으로만 고민했을 때 잘 모르겠다면, 신체적 경험이나 감각을 통해 접근하는 것이 중요합니다.

이번 장에서는 감각과 신체 경험을 통해 '자신을 아는 방법'에 대해 이야기하고자 합니다. 모든 방법을 다 시도할 필요는 없습니다. 마음에 드는 것만 선택해서 해보고, 그것이 기분 좋다면 자신의 삶에 적용해보길 바랍니다.

가령, 머리가 지끈지끈 아플 정도로 고민이 깊어 괴로울 때. 꼬리에 꼬리를 무는 복잡한 문제들이 밀려와 큰일이라고 느껴질 때. 또는 주변 사람이 억지스러운 말을 해서 어떻게 반응해야 할지 막막할 때. 이런 순간에는 오히려 자신의 신체에 집중해 보는 것이 도움이 될 수 있습니다. 마음이 괴로우면 몸도 함께 경직되기 마련입니다. 몸과 마음은 연결되어 있기 때문이죠. 그렇다면 반대로, 몸의 긴장을 풀어주면 마음의 긴장도 함께 풀리면서 조금이나마 편해질 수 있습니다.

이럴 때 저는 종종 '점진적 근이완법'을 추천합니다. 이는 근육에 힘을 줬다가 서서히 빼면서, 이완되는 감각을 직접 체험하는 릴랙스 방법입니다. 제대로 수행하려면 기술이 필요하지만, 여기서는 간단한 방법 하나를 알려드리겠습니다. 바로 '어깨를 활용하는 방법'입니다.

먼저, 양쪽 어깨에 힘을 주고 최대한 웅크려 보세요. 그 상태로 몇 초간 유지한 뒤, 단번에 힘을 쭉 빼보세요. 어떤가요? 몸에서 긴장이 조금이나마 풀리는 느낌이 들지 않나요? 갑자기 힘을 빼려 하면 오히려 더 어려울 수 있으니, 먼저 힘을 준 뒤 천천히 빼는 감각을 익히는 것입니다. 이 동작을 반복하면 점차 능숙하게 힘을 뺄 수 있게 됩니다. 몸이 완전히 이완된 상태에서는 다시 긴장하기 어렵기 때문에, 스트레스가 느껴질 때는 먼저 몸의 긴장을 푸는 것부터 시도해보세요. 분명 큰 도움이 될 것입니다.

좋은 일이 하나도 없다고 느껴지거나 지치고 힘들 때는, 스트레칭을 하며 몸을 쭉 펴고 시원함을 느껴보세요. 욕조에 들어가 따뜻한 물에 몸을 푸는 것도 좋은 방법입니다. 일단 몸이 먼저 편안함과 이완을 경험하면, 마음도 자연스럽게 따라가게 됩니다.

☆ 포인트

마음이 괴롭다면 몸의 긴장부터 풀자.

직접 겪어보는 '감각'과 '신체의 경험'을 통해서만
알 수 있는 것들도 있다.

몸의 긴장을 풀면 마음의 긴장도 풀리고 편안해질 수 있다.

마음이 괴롭다면 우선 몸에서 힘을 빼보자.

24

때로는 잠시 밖으로 나가서

산책을 하자

‘나의 행복은 무엇일까?’ ‘나만의 행복 기준을 찾자!’ 이렇게 아무리 고민해 봐도 ‘나 자신조차 모르겠다’라는 생각이 들 때가 있습니다. 이는 드문 일이 아닙니다. 특히 지치고 힘들 때는 더욱 그렇습니다. ‘이대로는 안 돼. 어떻게 해야 하지?’라는 걱정에 사로잡혀 모든 관심이 그 문제로만 쏠리기 때문입니다. 하지만 이럴 때는 생각을 거듭할수록 머리만 더 복잡해질 뿐입니다.

그럴 때는 잠시 고민을 내려놓고 밖으로 나가 산책을 해보세요. 걷다 보면 서서히 새로운 풍경이 눈에 들어올 것입니다. 목적지 없이 거닐다 보면 평소와 다른 세계가 당신을 기다리고 있을지도 모릅니다. 자신에게만 집중되어 있던 관심과 시선을 바깥으로 돌려보세요. 쾌청한 하늘은 아름답고, 길가에 핀 꽃은 사랑스럽고, 가로등 불빛은 영롱하게 빛날 것입니다.

‘행복’은 ‘상태’입니다. 흔히 ‘파트타이머가 아니라 정규직이 되어야 행복하다’ ‘결혼해서 아이를 낳아야 행복하다’

'사장이 되어 상위 1%가 되어야 행복하다' 등 남들 보기에 그럴싸한 것들을 행복의 기준으로 여기기 쉽습니다. 물론 그렇게 생각해도 상관은 없습니다. 하지만 '지금' '이곳'에서도 행복을 충분히 느낄 수 있습니다.

그런데 우리는 '미래에 대한 불안'과 '과거에 대한 후회'로 늘 걱정을 안고 사느라 정작 지금, 이곳을 제대로 느끼지 못하는 경우가 많습니다. 이럴 때 현재에 집중할 수 있는 좋은 방법이 있습니다. 바로 '오감을 사용하는 것'입니다. 오감이란 '시각(눈으로 본다)', '청각(귀로 듣는다)', '촉각(손으로 만진다, 피부로 느낀다 등)', '미각(입으로 맛본다)', '후각(코로 냄새를 맡는다)'을 말합니다.

- 시각: 멋진 풍경을 감상하거나 아름다운 영상을 시청한다.
- 청각: 좋아하는 음악을 듣거나 파도 소리에 귀를 기울인다.
- 촉각: 보드라운 수건을 사용하거나 동물의 털을 쓰다듬는다.
- 미각: 맛있는 음식을 먹거나 좋아하는 술을 즐긴다.
- 후각: 그윽한 커피 향을 맡거나 아로마 오일을 즐긴다.

이렇게 오감을 활용해 기분 좋은 일을 하는 것만으로도 우리의 의식은 '지금' '이곳'으로 돌아옵니다. 밖으로 나가 오감을 최대한 활용하며 '아, 기분 좋다!' '이것도 참 좋네~' '정말 마음에 든다' 라는 감정들을 직접 느껴보세요. '큰 행복'을 목표로 삼는 것도 좋지만, 일상 속의 '작은 행복'도 충분히 누려보세요. 오감을 통해 더욱 많은 작은 행복을 발견하고, 그 순간을 온전히 즐겨보세요.

☆ 포인트

오감을 활용해서 작은 행복을 느끼자.

머리가 복잡할 때에는 잠시 밖으로 나가서 산책을 해보자.

행복은 지금 이곳에서 느끼는 '상태'이다.

시각, 청각, 촉각, 미각, 후각이라는

오감을 활용해 일상 속에 있는 작은 행복들을 찾고 느껴보자.

25

사소한 것들이
더 소중할 때도 있다

바쁜 일상에 쫓기다 보면 무심코 '효율성'이나 '가장 빠른 길'을 우선하게 됩니다. 가성비를 따지고 시간을 절약하려다 보면 '쓸데없는 일에 신경 쓸 때가 아니다' '이것부터 빨리 끝내고 저것을 해야 한다' 같은 생각이 머릿속을 가득 채우고, 그렇게 하루가 금세 지나가 버리곤 합니다. 그런데 꼭 필요한 일만 하는 것이 전부는 아닙니다. 때로는 사소한 것에 마음을 쓰는 시간이 더 큰 의미를 주기도 합니다.

- 아침 출근길에 '아름답다'며 하늘을 올려다본다.
- 조금 비싼 귀걸이를 샀더니 마음이 설렌다.
- 평소보다 조금 더 오래 반신욕을 즐겼더니 상쾌하다.
- 점심을 먹고 10분 정도 회사 근처를 산책한다.

이처럼 틈새 시간을 활용해 평소와는 다른 작은 행동을 해보는 것도 좋습니다. 이런 시간이 쌓이면 우리 안에 남아 있던 불쾌한 감정이나 스트레스가 서서히 사라지는 데 큰 도움이 됩니다. '살짝 샛길로 빠진다' '평소에 하지 않던 행동을 해본다'와 같은 행동은 얼핏 보면 쓸데없는 낭비처럼 느껴질지도 모릅니다. 하지만 이런 순간들이야말로 '행복'을 가져다주는 작은 묘약이 될 수 있습니다.

업무나 집안일 같은 '해야 할 일'로 머릿속이 꽉 차 있을 때는 주변은커녕 아무것도 눈에 들어오지 않습니다. 세상이 이렇게 넓은데도 마치 비좁고 숨쉬기 힘든 곳에 갇혀 있는 것 같은 느낌이 들지요. 그럴 때는 그곳에서 잠시 벗어나보세요.

여행을 다녀올 수 있다면 더없이 좋겠지만, 당장 훌훌 털어버리고 떠날 수 있는 사람이 몇이나 되겠습니까? 반드시 거창한 변화가 필요하진 않습니다. 잠시 샛길로 빠져보거나 평소에 하지 않던 행동을 해보는 것만으로도 충분합니다. 업무나 집안일 같은 '꼭 해야 하는 일'에서 잠시 벗어나면 쌓였던 불쾌한 감정이나 스트레스를 날려버릴 수 있고, 자신에게 '기분 좋은 일' 혹은 '행복한 일'이 무엇인지 알게 될 수도 있습니다. '시간이 아깝다'는 핑계로, 혹은 '그럴 여유가 있으면 일하라는 핀잔을 들을 것 같다' '주변 사람들이 비난할 것 같다'라는 이유로 이런 시간을 단념하지 마세요. 얼핏 쓸데 없어 보일지 모르지만, 이런 시간이야말로 소중히 여겨야 할 순간들입니다.

스마트폰을 집에 두고 외출하는 것도 좋은 방법입니다. 스마트폰에 신경을 빼앗기지 않고 온전히 자신에게 집중할 수 있으니까요. 평소 가보지 않았던 낯선 장소에 가면 살짝 모험하는 기분도 느낄 수 있을지도 모릅니다. 다만, 길을 잃지 않도록 조심하세요.

☆ 포인트

살짝 샛길로 빠져서 평소에는 하지 않았던 행동을 해보자.

사는 데 꼭 필요한 것이 아닌 사소한 것에

마음을 쓰는 시간이 매우 소중할 때도 있다.

스트레스를 많이 받았을 때는 살짝 샛길로 빠져보자.

세상은 넓으니 비좁고 숨쉬기 힘든 곳에만 갇혀 있지는 말자.

26

설정을 바꿔
역할 놀이를 해보자

'일단 일을 시작하면 멈추지 못하고 계속 조금만 더, 조금만 더 하게 된다. 결국 나중에 후회하지만, 이런 행동 패턴을 바꾸려고 해도 쉽지 않다' '항상 무언가에 쫓겨 허둥지둥 움직인다. 이런 상황을 정말 바꿀 수 있을까?' '나는 나에게 자신감이 없다. 그래서 늘 누군가에게 맞추거나 나만 참으면 된다고 생각한다. 이제 와서 그런 나를 바꿀 수 있을지 의문이다' 이렇듯 '나에게 무엇이 중요하고 소중한지는 잘 알지만, 과연 나를 바꿀 수 있을까?'라고 고민하는 사람이 많습니다. 그런 사람에게는 '역할 놀이'를 해보는 것을 적극 추천합니다. 어릴 때 친구들과 엄마 놀이, 의사 놀이, 가게 놀이 등을 해본 경험이 있을 것입니다. 자신이 아닌 다른 누군가가 되는 것은 왠지 모르게 가슴이 두근거리고 설레는 일이죠. 이런 역할 놀이는 어른에게도 상당히 효과적입니다.

예를 들어 '세련된 사람 놀이'를 해보는 겁니다. '나는 세련되고 멋진 사람이다'라고 설정한 뒤, 핫플레이스인 카페에서 차를 마시거나 백화점에서 윈도 쇼핑을 즐기는 거예요. 이것만으로도 벌써 가슴이 두근거리고 설레지 않나요? 쇼윈

도에 비친 자신의 모습이 어느 때보다 세련되고 멋지게 보일 수도 있습니다.

또는 '부자 놀이'를 해볼 수도 있습니다. 5성급 고급 호텔 라운지에서 '나는 부자다'라고 설정하고 여유롭게 시간을 보내보는 거예요. 폭신한 소파에 앉아 세련된 찻잔에 담긴 차를 마시며, 호텔 직원에게 격조 높은 서비스를 받아보는 것이지요. 만일 고급 호텔에서 차를 마시는 것이 부담스럽다면, 저렴한 매장에서 호기롭게 몇만 원을 팍팍 써보는 것도 좋습니다. 갖고 싶은 물건을 마음껏 사면서 부자가 된 듯한 기분을 느낄 수 있을 거예요.

또는 '인싸' 놀이를 해보는 것도 좋습니다. '사람들이 나를 좋아한다' '나는 인기가 많다'라고 설정하면, 다른 사람에게 먼저 웃으며 말을 걸거나 멋진 말을 건넬 수 있습니다. 설령 친구나 동료가 메신저 답장을 늦게 보내더라도 별로 신경 쓰이지 않습니다. 왜냐하면 자신은 인싸니까요. 실제로 인싸 놀이를 해보면 의외로 주변 사람들이 친절하게 대해주거나 미소를 지어주는 등, 기분 좋은 반응이 돌아오기도 합니다. 그러면 '어머, 이 사람 은근히 자상하군. 솔직하게 대해도 되겠어'라고 생각하게 될 수도 있습니다.

이렇게 다양한 역할 놀이를 한 번 시도해 보세요. 여러 설정을 적용해보면, 평소의 자신과 살짝 거리를 둘 수 있습니다. 그리고 바꿀 수 없다고 생각했던 자신의 생각이나 행동 패턴을 바꾸는 계기가 되기도 합니다. 속으로 끙끙 앓고 있던 자신이 바보처럼 느껴질지도 모릅니다.

☆ 포인트

'역할 놀이'를 통해서 행동부터 바꿔보자.

나 자신을 바꾸기 힘들 때에는 역할 놀이를 해보자.

내가 평소에 될 수 없는 다양한 성격과 설정을 가진
사람의 역할을 맡아서 해보자.

다양한 역할 놀이를 해보면 일상의 나와 거리를 둘 수 있다.
그렇게 나의 생각이나 행동 패턴을 바꿀 수 있는
계기가 될 수도 있다.

27

자신을 좀 더

소중하게 대하고 사랑해주자

자식, 배우자, 친한 친구, 동료 등은 소중히 여기고 사랑하면서도, 정작 자신에게는 그러지 못하는 사람이 있습니다. 이번에 하고 싶은 이야기는 '자신을 소중히 여긴다' '자신을 사랑한다'는 것입니다. 이런 경우, 일단 행동부터 시작해 보는 것이 어떨까요? 생각만으로 어렵다면, 먼저 실천해 보는 것입니다. 그렇게 행동하다 보면, 점점 자신을 소중히 여기고 사랑할 수 있게 될지도 모릅니다.

가령 친한 친구가 열심히 일하고 있다고 합시다. 이때 당신은 친구에게 어떻게 행동하겠습니까? "열심히 일하고 있구나, 대단하다."라고 격려하거나, 집중을 방해하지 않도록 조심스럽게 차를 내줄지도 모릅니다. 이와 같은 행동을 자신에게도 해보세요. 스스로에게 '참 열심히 하고 있구나, 대단하다!'라고 칭찬해 주세요. 그리고 '잠시 차 한 잔이라도 할래?'라며 직접 차를 타서 한 잔 마셔보세요.

또는 동료가 큰 실수를 하고 낙심하고 있다고 합시다. 이때 당신은 그 동료에게 어떻게 행동하겠습니까? "잘했어, 실

수도 할 수 있는 거야. 괜찮아!"라고 위로해 주고 싶지 않나요? 따뜻하게 안아주면서 다독일 수도 있겠지요. 이와 같은 행동을 자신에게도 해보세요. '참 잘했어' '괜찮아!'라고 위로의 말을 건네고, 자신을 양팔로 꼭 안아주세요.

자녀에게 무척 슬픈 일이 생겼다고 합시다. 당신은 자녀에게 "많이 슬프구나. 견디기 힘들겠다…."라며 위로의 말을 건넬 것입니다. 또는 따스한 손길로 등을 쓸어주거나 머리를 쓰다듬어주겠지요? 자신에게도 같은 일이 일어났을 때, 똑같이 해주세요. '슬프지? 그래, 그래. 괜찮아'라며 위로해 주고, 자신을 토닥이며 머리를 쓰다듬어 주세요.

이처럼 '소중한 사람에게 하듯 자신에게도 똑같이 하는 것'이 중요합니다. 이런 행동을 반복하면 '자신을 소중히 여긴다' '자신을 사랑한다'는 감각을 익힐 수 있습니다.

☆ 포인트

소중한 사람에게 해주고 싶은 것을 자신에게도 해준다.

나 자신을 가장 소중히 여기고 사랑하자.

소중한 사람에게 할 행동들을 나 자신에게도
똑같이 해주도록 하자.

나 자신을 사랑한다는 감각을 익히는 연습을 하자.

28

아무것도 하지 않고

쉬는 것만으로도

훌륭한 일정이다

휴식과 요양이 부족한 사람이 정말 많습니다. "수면 시간이 충분한가요?"라고 물었을 때 "네, 충분합니다."라고 답할 수 있는 사람이 거의 없으니까요. 앞서 1장에서 다뤘듯이 '휴식'은 매우 중요합니다. 그러나 '지치고 힘들면 쉬자'라고 생각하면서도 정작 자신이 얼마나 지쳤는지, 얼마나 피곤한지 알아채지 못하는 경우가 많습니다. 또한, 쉬라고 해도 쉬지 못하는 사람에게는 '휴식'이라는 것이 지금까지 해온 일과는 전혀 다른 것이기에, 오히려 쉬려면 그만큼의 에너지가 필요할 수도 있습니다. "쉬고 싶은데 회사에서 쉬게 해주질 않아요." "만일 회사를 쉰다면 수습 불가능할 정도로 업무가 꼬일지도 몰라요." 이처럼 쉬고 싶어도 현실적인 문제로 인해 쉬지 못하는 사람도 많습니다. 또한, 자신이 직접 하지 않으면 큰일이 날 거라고 착각하는 경우도 흔합니다.

그런데 실제로 본인이 쉰다고 해도 일은 꼬이지 않고 어떻게든 굴러갑니다. 직원 한 명이 쉰다고 해서 회사가 멈추는 일은 없습니다. 만약 그런 회사라면, 이는 회사 시스템의 문제이며 직원이 아닌 경영자가 해결해야 할 문제입니다. 당신이 만약 내일 일부러 반대 방향의 지하철을 타고 출근하지 않는다면 분명 차질은 생기겠지요. 하지만 그렇다고 해도 일은 돌아갑니다. 당신이 맡았던 업무는 결국 누군가가 대신 처리할 것이고, 회사는 멈추지 않습니다.

그럼에도 불구하고 쉬지 못하는 사람에게는 '휴식을 일정에 포함하는 방법'을 추천합니다. 스케줄을 짜듯이 휴식 시간을 계획한 후, 자신이 '하고 싶은 일'이나 '기분 좋게 느껴지는 것'이 무엇인지 생각하고 직접 실천해 보세요. 사소한 것이라도, 작은 행복이라도 좋습니다.

- 마음에 드는 입욕제를 사용해 여유롭게 목욕을 즐긴다.
- 푸른 녹음이 우거진 산길을 하이킹한다.
- 마사지 숍에서 뭉친 근육을 풀어준다.
- 읽고 싶었던 책을 뒹굴며 편하게 읽는다.

고급 호텔에서 호캉스를 즐기면 설레고 기분이 좋아지는 사람이 있습니다. 저도 그중 한 사람입니다. 일상에서 벗어나 새로운 공간에 가면 머리가 맑아지고 활력이 솟습니다. 휴식을 취하는 방법은 사람마다 다르므로 어떤 방식이든 괜찮습니다. 남에 대한 생각은 잠시 접어두고, 자신에게 가장 잘 맞는 방법으로 편하게 쉬어 보세요. 손 하나 까딱하지 않아도 괜찮습니다. 아무것도 하지 않아도 '쉬는 것' 그 자체로 충분히 의미 있는 시간입니다. 자신이 좋아하는 방식으로 온전히 휴식을 즐겨 보세요.

☆ 포인트

일단 '휴식'을 스케줄에 넣자.

내가 쉬더라도 일은 꼬이지 않고 어떻게든 굴러간다.

쉬는 게 어렵다면, 우선 휴식을 스케줄에 넣어보자.

내가 하고 싶은 일이나 기분 좋게 느껴지는 것이 무엇인지

생각하고 실천해보자.

29

모두와 사이좋게 지내는 것은

환상이다

학창 시절, 부모나 선생님에게 "모든 친구와 사이좋게 지내라."라는 말을 많이 들었을 것입니다. 이처럼 '모두와 사이좋게'라는 주문에 사로잡힌 사람이 의외로 많습니다. 많은 사람들이 남에게 미움받는 것을 극도로 두려워하고 꺼립니다. "메신저로 연락했는데 무시당했어요. 마음이 아프네요." "동료가 제가 없는 곳에서 저를 험담하는 것 같아요. 왠지 씁쓸하네요." 하는 고민을 종종 듣습니다. 하지만 일단 냉정하게 생각해보세요. 당신의 연락을 무시하는 사람에게 호감을 산다고 기분이 좋아질까요? 뒤에서 험담하는 사람과 과연 원만한 관계를 유지할 수 있을까요?

또는 이렇게 상상해 보세요. '이상적인 멋진 인생'을 그릴 때, 거기에 당신을 무시하는 사람이나 뒤에서 험담하는 사람이 등장하나요? 만일 등장하지 않는다면, 그들은 당신의 인생에서 어쩌다 한 번 지나가는 '엑스트라'에 불과합니다. 그렇다면 현실에서도 그들에게 너무 큰 의미를 부여할 필요가 없습니다.

당신이 꿈꾸는 '이상적인 인생'과 '행복한 세계'에 등장하는 소중한 사람은 극소수입니다. 나머지는 엑스트라, 군중, 또는 스쳐 지나가는 사람들일 뿐이죠. 현재 세계 인구가 80억 명을 넘어섰다고 하지만, 그중 대부분은 당신과 직접적인 관계가 없는 군중에 불과합니다. 그런 사람들의 말과 행동에 일희일비하기보다는, 진정으로 소중한 사람들에게 집중하세요.

'모두와 사이좋게 지내야 한다'는 생각은 현실적으로 불가능한 환상일 뿐입니다. 대하기 어렵거나 불편한 사람과는 거리를 두는 것이 좋습니다. 여기서 말하는 거리는 단순히 심리적인 것뿐만 아니라, 실제로 눈에 보이는 물리적인 거리까지 포함됩니다.

- sns에서 보기 싫은 사람의 게시글이 보이지 않도록 설정한다.
- 시야에 들어오면 굳이 신경 쓰지 않고 시선을 돌린다.
- 불필요한 만남을 줄이고, 가능하면 아예 마주칠 기회를 만들지 않는다.

이렇게 거리를 두고 나면 '꼭 사이좋게 지낼 필요는 없구나'라는 사실을 자연스럽게 깨닫게 될 것입니다. 대하기 어려운 사람과 억지로 잘 지내려고 애쓰지 않아도 괜찮습니다.

☆ 포인트

대하기 어렵거나 싫은 사람과는 거리를 두자.

모두와 사이좋게 지내는 것은 환상에 불과하다.

대하기 어렵거나 싫은 사람과는 거리를 두자.

마음에 들지 않는 사람과 무리해서

사이좋게 지내지 않아도 된다.

30

남에게 자랑할 만한

인생이 아니어도 괜찮다

행복이란 평소의 작은 행복이 차곡차곡 쌓여 만들어지는 집합체라고 생각합니다. 매일 느끼는 '즐거움' '기쁨' '편안함'이 모여 풍선처럼 부풀어 오르는 것이지요. 물론 행복의 정의는 사람마다 다릅니다. 어떤 사람은 '큰 성취를 이루어야 행복하다'고 여기기도 하고, '남에게 자랑할 만한 인생을 살아야 한다'고 말하는 사람도 많습니다. 하지만 사람은 저마다 주어진 시간을 살아갈 뿐인데, 꼭 삶에 거창한 의미를 부여할 필요가 있을까요? 꼭 무언가 큰 것을 이루거나 성공하지 않아도 됩니다.

남에게 자랑할 만한 인생이 아니어도 괜찮습니다. 무심결에 행복하다고 느끼는 순간들만 소중히 여겨도 충분합니다. '열심히 노력해서 이 일을 끝내면 행복해질 것이다'라고 생각하지만, 막상 그 일을 끝내고 나면 또 다른 목표와 끝없이 넘어야 할 산이 나타나는 법입니다. 그러다가 쓰러지면 회복하기조차 힘들어질 수도 있습니다. 상한선을 정하지 않으면 결국 질질 끌려가기 마련입니다. 사람은 쉬지 않고 계속 달릴 수 없습니다. '힘들어 죽겠다'는 생각이 든다면 곧바로 멈추고, 작지만 따뜻하고 소중한 행복을 모아보세요.

만일 '작은 행복'을 모으는 것이 어렵다면, 대신 '작은 불행'을 줄여보는 것도 좋은 방법입니다. 작은 불행이란 자신이 '싫다'거나 '왠지 불쾌하다'고 느끼는 것들을 의미합니다. 예를 들면 다음과 같습니다.

- 내키지 않는 초대
- 궁합이 맞지 않는 사람
- 귀찮은 작업
- 얼룩이 잔뜩 묻은 옷

이렇게 '싫다' '왠지 불쾌하다'고 느껴지는 것을 가볍게 내려놓으면, 의외로 마음이 편안해지고 행복을 더 쉽게 느낄 수 있습니다.

☆ 포인트

'작은 불행'을 손에서 더 많이 놓자.

남에게 자랑할 만한 인생이 아니어도 괜찮다.

무심결에 행복하다고 느낄 수 있는 사소한 순간을

소중하게 여기자.

작은 행복을 모으기가 어렵다면 작은 불행을

손에서 놓아보자.

4장

너무 애쓰지 않고 무리하지 않는
인간관계에 대한 힌트

31

나는 나 좋을 대로

해도 된다

2장과 3장에서는 '자신을 안다'와 '자신의 행복을 생각한다'에 대해 이야기했습니다. 나답게 행복하게 살려면 무엇보다 '나에게 행복이 무엇인지 스스로 아는 것'이 중요하기 때문입니다. 그런데 이렇게 자신의 행복을 소중히 여기며 살려고 해도 주변에는 꼭 그것을 방해하거나 마음을 어지럽히는 사람이 있기 마련입니다. 고민의 씨앗은 결국 사람이 가져오기도 하지요. 이번 4장에서는 행복하게 살기 위해 알아두면 좋을 '인간관계'에 대한 힌트를 이야기하고자 합니다.

혹시 좋은 사람이 되려는 의도가 없었는데도 습관적으로 '좋은 사람'처럼 행동할 때가 있지 않나요? '귀찮지만 메신저에 빨리 답장해야지' '이번 주는 좀 피곤하지만 그래도 친구들 초대는 거절하면 안 되겠지' 같은 생각을 하면서 말입니다. 그런데 이렇게 무리해서 주변 사람에게 맞추다 보면 결국 자신의 '행복'은 점점 줄어들고 맙니다.

사실 아무리 좋은 사람이 되려고 해도 누군가에게는 결국 싫은 사람이 될 수밖에 없습니다. A에게 좋은 사람이 되려고 하면, A와 사이가 나쁜 B는 '왜 저렇게 잘 보이려고 난리지?' 하는 눈초리로 당신을 바라볼 테니까요.

그렇다고 좋은 사람을 그만두고 일부러 싫은 사람이 되려고 해도 깔끔하게 미움만 살 수 있다고 생각한다면 착각입니다. 좋은 사람으로 살든, 싫은 사람으로 살든 결국 무언가를 잃게 되는 것은 마찬가지이기 때문입니다. 그러니 다른 사람이 자신을 어떻게 바라보는지가 아니라, 내가 잃고 싶지 않은 것이 무엇인지에 따라 행동을 선택해야 합니다.

애인, 가족, 친구 혹은 직장 중에서도 '이것만은 잃고 싶지 않다'고 생각하는 것을 정하고, 그 안에서 어떻게 살아갈지를 고민하면 인생의 중심축이 확고해질 것입니다. 물론 이렇게 하면 좋은 사람이 될 수 없는 상황도 생기겠지요. 예를 들어 가족을 지키려면 직장에서 일찍 퇴근해야 하니까요. 하지만 이는 어쩔 수 없는 일입니다. 모두에게 좋은 사람이 되려다 보면 오히려 소중한 것을 잃고, 결국 자신을 궁지로 몰아넣게 됩니다. 그렇기에 가장 중요하고 소중한 것을 최우선으로 해야 합니다. 중요하지 않은 사람을 위해 애쓰는 것은 지속하기 어렵고, 결국 견디기 힘들어질 뿐입니다.

또한, 당신이 아무리 신중하게 말하고 조심스럽게 행동해도 상대방은 결국 자신이 듣고 싶은 대로 듣고, 보고 싶은 대로 보게 마련입니다. 그러니 본인이 편한 대로 행동하는 것이 가장 좋습니다. 소중한 사람을 지키고, 있는 그대로의 '자기 모습'으로 살아가는 것이지요. 오히려 이런 태도를 가진 사람이 더 호감을 얻기도 한답니다.

☆ 포인트

소중한 것을 정하고 그것을 우선하자.

다른 사람의 시선과 상관없이,

내가 소중하게 여기는 것이 무엇인지를 정하고

그것을 우선시하자.

상대방은 결국 보고 싶은 대로 나를 본다.

그러니 나에게 편한 대로 행동하는 것이 가장 좋다.

있는 그대로의 '나의 모습'으로 살아가는 것이

오히려 호감을 불러일으킬 수 있다.

32

질투하는 마음이 드는 건
한가롭기 때문인 경우가 많다

일부러 듣기 싫은 말을 하는 사람이 있습니다. 혹은 '그건 좀 아닌 것 같다'며 남의 인생에 정론을 들이대며 비판하는 사람도 있지요. 그런데 이런 사람은 아무리 피하려고 해도 희한하게도 어디선가 마주치게 됩니다. 만일 듣기 싫은 말을 들었다면, 그때는 '내 인생이 저 사람의 인생이 아니라서 천만다행이다'라고 생각해보세요.

일부러 남을 비판하거나 트집을 잡는 행동은 대개 '부러움'과 '동경'을 돌려서 표현하는 경우가 많습니다. '부러움'과 '동경'은 크든 작든 누구나 느끼는 감정입니다. 예를 들어, 지인이 소셜 네트워크에 결혼, 임신, 승진처럼 행복하거나 성공한 모습을 올렸다고 가정해봅시다. 이때 '축하한다'고 댓글을 달면서도 속으로는 부러움이나 질투를 느껴본 적이 있지 않나요? 결혼, 임신, 직장 문제 등 무엇 하나 잘 풀리지 않는 상황에서 다른 사람의 행복한 모습을 보면 마음 한구석이 씁쓸하고 아릴 수도 있습니다. 하지만 자신이 현재에 만족하고 행복하다면 그런 모습이 눈에 들어와도 별로 신경쓰이지 않습니다.

즉, 부정적인 감정은 자신의 상태에 따라 달라지는 것입니다. 그러니 만일 내면에서 부정적인 감정이 스멀스멀 피어오른다면 '지금 내 상태는 괜찮은가?'라고 스스로에게 물어보세요. 만약 상태가 좋지 않다면 자신을 돌봐주세요. 그것만으로도 심신이 한결 안정되고 편안해질 것입니다.

사실 남을 질투하거나 부러워하는 감정은 단순히 '한가로운' 상태에서 비롯되는 경우가 많습니다. 자신이 하고 싶은 일을 종이에 적어보고, 그중에서 실천할 수 있는 것부터 도전해 보세요. '좋아하는 것'이나 '하고 싶은 일'에 집중하다 보면 인생이 더 충만해지고, 자연스럽게 질투와 부러움도 사라질 것입니다.

만일 이렇게 했는데도 감정이 가라앉지 않는다면 '승화(昇華)'하는 방법을 추천합니다. '승화'라는 단어는 '슬픔을 작품으로 승화시킨다'처럼 쓰이기도 하지만, 여기서 말하는 승화는 심리학에서 말하는 '방어기제(防衛機制)' 중 하나입니다다. 사회적으로 받아들이기 어려운 공격적인 욕구나 부정적인 감정을 보다 고차원적이고 긍정적인 방향으로 전환하는 것이지요. 예를 들어, 누군가에게 강한 질투심을 느꼈다면 그 감정을 자신을 발전시키는 '계기'로 삼아보세요. 개인 트레이닝을 받아 몸매를 가꾸고 더욱 아름다워지거나, 연구에 몰두해 실적을 쌓고 직장에서 성과를 내는 동력으로 활용하는 것입니다.

☆ 포인트

질투심을 자신을 한 단계 발전시키는 동기부여로 사용하자.

듣기 싫은 말을 들었다면 '내 인생이

그 사람의 인생이 아니라서 다행이다.'라고 생각하자.

부정적인 감정은 나의 상태에 따른 문제이다.

부정적인 감정이 든다면 나를 먼저 돌봐주자.

질투심을 나를 한 단계 발전시키는 동기부여로 사용하자.

33

'무책임한 참견자'의 말은
진지하게 듣지 말자

"휴일인데 아무것도 안 한다고? 어디든 나가 봐. 아니면 누구라도 좀 만나. 그래야 정신 건강에 좋대." "냉동식품만 먹는다고? 그건 좀 그런데… 아이들에게는 직접 뭐라도 만들어 먹이는 게 좋지 않아?" "회사 그만두고 어쩌려고? 그렇게 불평만 하면 어디 가든 제대로 일 못할걸?" 이렇게 남의 인생에 이러쿵 저러쿵 참견하는 사람들이 있습니다. 하지만 정작 그들은 자신이 무슨 의도로 그런 말을 내뱉었는지조차 모르는 경우가 태반입니다. 그저 그 순간 느낀 감정이나 생각을 아무렇지 않게 던졌을 뿐입니다. 무책임한 행동이지요. 그러니 이런 참견자의 말은 진지하게 받아들일 필요가 없습니다.

당신의 인생은 당신이 책임지고 사는 것입니다. 무책임한 남의 말에 휘둘리지 마세요. 그들은 당신의 인생에 대해 아무것도 모릅니다. 그들에게 당신의 인생을 자세히 이야기한 적도 없으니까요.

저는 남의 인생을 일부 떼어내 자기 멋대로 저울질하고 비난하는 사람을 '무책임한 참견자'라고 부릅니다. 조언이나 의견을 부탁한 적도 없는데 제멋대로 끼어들어 참견하니까요. 예전에는 아버지들이 권투 시합을 보며 "내가 저 선수보다는 낫겠어!" "저런 멍청한 녀석!"이라며 야유를 날리곤 했지요. 제가 말하는 '무책임한 참견자'란 바로 이런 모습입니다. 요즘은 이런 사람들이 인터넷에 글을 올려 여기저기 퍼지면서 많은 사람의 눈에 띄기도 합니다. 그렇다고 이런 말을 지나치게 신경 쓰는 것도 좋지 않지만, 아예 무시하기도 쉽지 않지요. 그럴 때는 오히려 자기 삶의 방식을 인정하고 다잡는 용도로 활용해 보세요.

예컨대 "아니, 왜 그렇게 늦게 뛰어?"라는 비난을 들으면, 천천히 감상하고 싶은 풍경이 있다고 답하면 됩니다. "왜 그렇게 약해 빠졌어?"라는 잔소리를 들으면, 다른 사람에게 상처 주고 싶지 않다고 말하면 되고요. 사람마다 지향하는 목표가 다르고, 그 목표에 도달하는 과정 또한 다릅니다. 어떤 사람은 '휴일에 아무것도 안 한다니 말도 안 돼!'라고 생각하지만, 또 어떤 사람은 '뒹굴뒹굴 아무것도 하지 않는 것이 최고'라고 여깁니다. '가족에게 집밥을 해 먹여야 해'라고 생각하는 사람이 있는가 하면, '때로는 반찬 가게에서 사온 반찬과 국으로 편하게 먹고, 그 대신 아이와 더 많은 시간을 보내고 싶다'고 생각하는 사람도 있습니다.

자신이 지향하는 삶의 방식이 확고하면 남의 말에 쉽게 휘둘리거나 현혹되지 않습니다. 이상적인 목표와 그 목표를 이루어가는 과정이 자신과 전혀 다른 사람에게 "그 길은 틀렸다."라는 말을 들어도 "나는 이쪽으로 갈 것이다."라고 정하면 그만입니다. 그렇게 해도 아무 문제가 없습니다.

☆ 포인트

자기 멋대로 참견해오는 사람의 말은 듣고 흘리자.

나의 인생은 내가 스스로 책임지고 사는 나의 것이다.

무책임하기 짝이 없는 남의 말에 흔들리지 말자.

내가 지향하는 삶의 방식이 확고하다면

남의 말에 쉽게 휘둘리거나 현혹되지 않는다.

34

괴로움은 비교의 대상이 아니다

"회사에 꼴도 보기 싫은 사람이 있어요. 같이 있으면 너무 힘들고 숨이 턱턱 막혀요." "우리 고양이가 얼마 전에 하늘나라로 갔어요. 마음이 너무 아파요." "출산하고 나니 회사 일도, 집안일도 해야 할 게 너무 많아요. 힘들어 죽을 것 같아요." 이렇게 사람들은 흔히 자신의 힘겨운 처지와 괴로움, 걱정거리를 털어놓곤 합니다. 그런데 이런 고민을 듣고 악의는 없지만 다음과 같이 반응하는 사람이 있습니다.

"그 정도 가지고 뭘 그러세요? 더 얄미운 밉상이 얼마나 많은데요. 우리 회사 ○○ 부장이 훨씬 더 심해요." "슬픈 건 알겠는데, 고작 애완동물이 죽은 걸로 그러는 거예요? 부모나 자식이 죽은 것도 아니잖아요." "아직 애가 하나지요? 그럼 여유 있는 편이에요. 둘째 낳아보세요. 얼마나 힘든지 말도 못 해요. 저희 언니는 애가 셋인데, 거의 죽기 일보 직전이에요." 이처럼 남의 괴로움과 고민을 자기 멋대로 판단하거나, '누가 더 힘든지' 내기하듯 말하는 행동은 삼가야 합니다. 괴로움과 슬픔은 비교 대상도 아니고, 비교할 수 있는 것도 아닙니다.

물론 세상에는 당신보다 더 힘들고 괴로운 상황, 절망적인 환경에 놓인 사람이 있습니다. 그렇다고 해서 '당신의 괴로움'과 '그들의 괴로움'을 비교하며 "저 정도는 아니니까 힘들다고 말하지 말아야겠다."라고 생각하는 것은 잘못된 것입니다.

대중매체에서 자주 접하는 명언 중 "당신이 헛되이 보낸 오늘은 어제 죽은 이가 그토록 그리던 내일이다"라는 말이 있습니다. '오늘을 열심히 살자'라는 의미인 것은 알겠지만, '내가 헛되이 보낸 하루'와 '누군가가 간절히 바라던 하루'를 굳이 비교할 필요는 없습니다. 당신이 헛되이 보낸 오늘은 어제 죽은 이가 그토록 그리던 내일이 아닙니다. 당신이 살아낸 오늘을 누군가의 하루와 비교하며 부끄러워할 필요도 없습니다.

당신의 기분은 오롯이 당신만의 것입니다. 괴로움, 고통, 슬픔 또한 마찬가지입니다. 그러니 다른 사람과 비교하며 참거나, '이런 일로 힘들어해서야 되겠어?'라며 스스로를 억누르지 마세요.

당신의 기분은 다른 사람과 비교할 필요가 없는 당신만의 것입니다. 그러니 괴로움, 고통, 슬픔도 누군가와 비교해서 참거나 '이런 일로 힘들어해서야 되겠어?'라며 견디지 않아도 됩니다.

☆ 포인트

자신의 괴로움과 슬픔을 다른 사람의 것과 비교하지
않아도 된다.

남의 고민을 자기 멋대로 판단해서는 안 된다.

자신의 괴로움과 슬픔을 다른 사람과 비교해서

참고 견디지 말자.

당신이 헛되이 보낸 오늘은

어제 죽은 이가 그리던 내일이 아니다.

내가 살아낸 오늘을 다른 누군가의 하루와 비교할 필요는 없다.

35

같이 있으면 괴로운 사람과는

거리를 둬도 괜찮다

혹시 주변에 함께 있으면 무엇을 해도 답답하고 힘들게 느껴지는 사람이 있습니까? 같이 있을 때 '괴롭다' '더는 못하겠다'는 생각이 든다면 조금 거리를 두어도 좋습니다. 모두와 원만하게 지내야 한다는 규칙은 없으니까요.

"네가 잘 생각해서 움직여야지. 그렇게 안 하니까 내가 힘들잖아." "그때 네가 잘했으면 일이 이 지경까지는 안 됐을 거 아니야?" "네가 제대로 안 하니까 늘 이렇게 내가 고생하잖아." 당신에게 이런 말을 내뱉는 사람이 있다고 합시다. '네가 ~하니까'라며 모든 잘못을 당신에게 전가하는 사람입니다. 이런 사람은 어쩌면 '상대방에게 죄책감을 느끼게 해서 지배하려는 사람'일지도 모릅니다. 이런 사람과는 반드시 거리를 두어야 하지만, 막상 그렇게 하기가 쉽지 않습니다. '같이 있으면 불편하지만 결정적인 문제 상황은 없으니' 거리를 두는 것이 왠지 나쁜 행동 같고 죄책감이 느껴지니까요. 그래서 결국 적당한 타이밍을 놓치고 마는 경우가 많습니다.

그렇지만 '죄책감'을 이용해 당신을 지배하려는 사람과는 지금 당장 거리를 둬야 합니다. 당신의 행복은 그곳에 없습니다. '죄책감'으로 누군가를 조종하려는 인간관계가 있다는 것을 꼭 기억하세요. 그래야 어쩌면 '이게 죄책감의 지배일지도 모른다'는 사실을 깨닫고 그 사람과 거리를 둘 수 있습니다.

'죄책감의 지배'는 조직 내에서도 자주 일어납니다. "자네가 목표를 달성하지 못했으니 죽기 직전까지 야근하는 것은 당연한 일이라네."라며 자신의 권력을 이용해 부하 직원을 괴롭히는 상사가 있습니다. '목표를 달성하지 못했다'는 죄책감을 자극해 '당연히 야근해야 한다'고 생각하게 만드는 것이지요.

이와 비슷하게 가정폭력에서도 이러한 심리가 작용합니다. "당신이 제대로 안 하니까 내가 이렇게 화가 나는 거야."라며 죄책감을 이용해 배우자를 통제하는 것은 명백한 정신적 학대입니다. 그런데도 이혼하지 못하는 이유는 가해자가 교묘하게 죄책감을 심어 '문제는 나에게 있다'는 착각에 빠지게 만들기 때문입니다.

나쁜 부모 밑에서 자란 사람도 마찬가지입니다. "네가 칠칠치 못해서 내가 이렇게 엄하게 하는 거야." "다 너를 위해서 하는 일이야."라고 말하지만, 실은 죄책감을 이용해 아이를 지배하려는 것입니다.

이처럼 '죄책감의 지배'는 우리 주변 곳곳에 존재합니다. 죄책감을 느끼게 해 당신을 조종하려는 사람이 있다면, 지금 당장 멀리하세요. 괴롭고 힘들다면 자신을 우선하고, 더 멀리 거리를 두세요.

☆ 포인트

답답하고 같이 있기 힘든 상대라면 거리를 두자.

죄책감을 이용해서 당신을 지배하려는 사람과는 멀어지자.

같이 있는데 괴롭다고 느껴지는 사람과는
거리를 두어도 괜찮다.

관계 때문에 괴롭고 힘들다면 나 자신을 위해서
멀리 거리를 두자.

36

가장 큰 복수는

내가 행복해지는 것이다

'그 사람을 도저히 용서할 수 없다' '나를 불행하게 만든 사람에게 복수하고 싶다' '전 애인에 대한 분노가 가라앉지 않는다'. 이렇게 '용서할 수 없는 누군가'에 대한 집착으로 가슴이 답답하고 괴로운 사람이 있을 것입니다. 그 사람을 잊는 것이 최선이라는 걸 알면서도, 머릿속에서 지워지지 않아 오히려 그로 인해 불행해지기도 하지요. 이런 사람에게 해주고 싶은 말이 있습니다. 당신을 불행하게 만든 사람에게 할 수 있는 가장 큰 복수는 당신이 행복해지는 것입니다.

상대방을 원망하며 괴로워하는 동안, 당신의 불행은 계속됩니다. 만일 상대방이 당신의 불행을 바라고 있다면, 그것이야말로 그 사람의 뜻대로 되는 것이 아닐까요? 상대방을 미련 없이 깔끔하게 잊고, 행복해짐으로써 그 기대를 무너뜨리는 것이 가장 좋은 복수입니다. 이왕이면 진심으로 행복해져서 '용서할 수 없는 사람'에게 복수합시다. 상대방을 원망하며 보내는 시간이 너무 아깝지 않나요? 시간은 곧 생명입니다. 용서할 수 없는 사람을 위해 당신의 소중한 생명을 낭비하지 마세요.

만일 '용서하고 싶다'는 생각이 든다면, '그래, 세상에는 다양한 사람들이 있으니까' 하고 넓은 시야로 바라보며 조금은 여유를 가져도 괜찮습니다. 예를 들어 이렇게 생각해보는 겁니다. '세상에는 80억 명의 사람이 있고, 모두 다른 문화와 가치관, 경험, 성격을 지니고 있지. 너는 나와 같은 사람이 아니고, 그저 80억 명 중의 한 명일 뿐이야'하는 식으로요. 당신이 '용서할 수 없는 사람'은 어쩌면 당신의 예상을 빗나갔기 때문에 더욱 분노가 치밀어 오르는 것일 수도 있습니다.

사람은 예상치 못한 일을 당하면 당황하고 짜증이 나며, 안절부절못하기도 하는 존재입니다. 그렇다면 미리 모든 일을 예상해 둔다면 마음이 조금은 편해지지 않을까요? '방어운전'이라는 개념이 있습니다. 일어날 법한 위험을 예측하며 운전해 사고를 미연에 방지하는 것이지요. 인간관계에서도 이와 같은 방식으로 '방어적인 태도'를 가지면 상처받을 일이 줄어들 수 있습니다. '배신할 수도 있다' '거짓말을 할

수도 있다' '바람을 피울 수도 있다' '지각할 수도 있다'. 이
처럼, 상대방이 언제든 나를 당황스럽게 할 수도 있다고 미
리 생각해둔다면, 마음이 훨씬 편안해질 것입니다.

나를 불행하게 만든 사람에 대한 가장 큰 복수는

내가 행복해지는 것이다.

용서할 수 없는 사람을 위해 소중한 시간을 낭비하지 말자.

다른 사람의 행동을 미리 예상해두면 마음이 편해질 수 있다.

37

때로는

제대로 미움받는 기술이

더 중요하다

사람들은 대개 남에게 미움받고 싶지 않다고 생각합니다. 하지만 사랑받고 싶은 사람에게 사랑받는 기술보다, 미움받고 싶은 사람에게 제대로 미움받는 기술이 인생에서는 더 중요할 때도 있습니다.

까다롭거나 성가신 사람에게 미움을 사면, 오히려 공격당할 일이 줄어듭니다. 미움을 받으면 그 사람의 관심에서 멀어져 더는 휘둘릴 일이 없으니까요. 만약 어떤 사람과의 인간관계가 어렵다면, 차라리 제대로 미움받는 사람이 되어 봅시다. 그러려면 먼저 그 사람에게 미움을 받아도 아무렇지 않다고 생각하는 확고한 마음가짐이 필요합니다. 싫은 사람에게 미움을 받아서 오히려 행복하다는 태도입니다.

일반적으로 남을 공격하는 사람은 평범한 사람이 아닙니다. 그런 사람에게 미움을 사지 않으려고 애써도, 결국 아주 사소한 것을 꼬투리 잡아 비난할 것입니다. 아무리 미움을 사지 않으려 노력해도, 그런 노력을 제대로 봐주지 않을 가능성이 큽니다. 그렇다면 그런 사람에게 당신의 소중한 시간을 쏟는 것은 낭비입니다. 괜히 휘둘리며 마음을 소모하는 것보다, 차라리 미움을 받더라도 자신의 행복을 우선하는 것이 더 나은 선택일 수 있습니다.

솔직히 말해서 '미움받고 싶지 않다'는 생각은 그저 습관적인 사고에서 비롯된 것일 수도 있습니다. '왜 미움받고 싶지 않은 걸까?' '미움을 받으면 어떻게 될까?' '미움을 받아도 되는 사람은 어떤 사람일까?'. 이런 질문을 스스로에게 던지며 자신의 생각을 점검해보세요. 2장에서 이야기했듯이, 종이에 적으면서 고민해보는 것도 좋은 방법입니다. 그러다 보면 '미움받아도 괜찮을 것 같다'는 생각이 들 수도 있습니다.

또한, 이상하고 싫은 사람에게 '반드시 복수하겠다'거나 '어디 두고 보자' 같은 마음을 품고 시간을 쏟는 사람들이 있습니다. 하지만 그런 사람들을 위해 자신의 소중한 시간을 낭비하는 것만큼 아까운 일이 또 있을까요? 단 1초라도 그런 사람에게 신경 쓰는 일은 당장 그만두세요.

대부분의 경우, 상대하지 않으면 상대도 저절로 멀어집니다. 저는 '제대로 미움받을 수 있는 사람'이 되어, 진정으로 교제하고 싶은 사람과만 관계를 맺는 것이야말로 '자신의 행복'을 지키는 방법이라고 생각합니다. 무리해서 애쓰지 않는 인간관계가 결국 가장 건강한 관계입니다.

☆ 포인트

제대로 미움받을 수 있는 사람이 되자.

사랑받고 싶은 사람에게 사랑받는 기술보다,

미움받고 싶은 사람에게 제대로 미움받는 기술이 더 중요하다.

'싫은 사람에게 미움을 받아서 행복하다'는 마음가짐을 갖자.

미운 사람에게 위해 쓰는 시간은 단 1초라도 아까우니

당장 그만두자.

38

불필요한 말을 하지 않는 것이
더 중요하다

'자신의 행복'을 소중히 여기며 살려면 타인과 적당한 거리를 두는 것이 중요합니다. 하지만 그렇다고 해서 타인과의 유대 관계를 완전히 무시할 수는 없습니다. "저는 남들과 소통하는 능력이 부족해서 무슨 이야기를 해야 할지 잘 모르겠습니다. 어떻게 하면 좋을까요?"라는 질문을 종종 받습니다. 그런데 '소통 능력'이란 반드시 유머 감각이 뛰어나거나 사람들을 웃기는 능력을 의미하는 것은 아닙니다.

소통 능력을 기르고 싶은 사람들에게 꼭 알았으면 하는 점이 있습니다. 상대방을 만족시키려면 말을 잘하는 연습보다, 불필요한 말을 하지 않는 연습이 100배 더 중요하다는 것입니다. 대부분의 사람들은 본능적으로 '자신에 관한 이야기'를 하고 싶어 합니다. 회식 자리에 가보면 다들 자신의 이야기를 하느라 바쁘지요. 그렇다면 이런 상황에서 가만히 상대방의 이야기를 듣고만 있다고 해서 미움을 사게 될까요? 그렇지 않습니다. 그래서 저는 '소통 능력'을 기르는 가장 효과적인 방법은 일단 '잘 듣는 사람'이 되는 것이라고 생각합니다. '무언가 이야기해야 한다'는 부담이 들 때마다 오히려 의식적으로 입을 꾹 다물고, 상대방의 말에 집중해보세요.

다만, 상대방의 이야기를 들을 때는 "그건 아닌 것 같은데
요." "별로 좋은 생각이 아닌 것 같습니다."처럼 좋고 나쁨을
판단하는 말을 최대한 자제하는 것이 중요합니다. 자신의 의
견이나 생각은 일단 뒤로 미루고, 상대방의 이야기를 있는
그대로 들어주세요. 그렇게 경청하는 동안 상대방은 자연스
럽게 당신에게 호감을 느끼게 될 것입니다.

또한 인간관계에서 중요한 요소 중 하나가 '유머'라고 생
각합니다. 흔히 유머를 적절히 활용할 줄 아는 사람이 성숙
한 어른이라고 하지요. 심리적으로 불안하거나 우울할 때,
혹은 압박과 부담이 자신을 짓누를 때, 유머를 통해 부정적
인 감정을 승화시키는 것은 매우 효과적인 방법입니다.

제가 좋아하는 책 중에 《하마터면 열심히 살 뻔했다》라는
책이 있습니다. 이 제목부터 유머가 느껴지지 않나요? '너무
애쓰며 열심히 살지 않아서 다행이다'라는 의미를 전할 수

도 있었겠지만, 그런 식으로 뻔한 제목을 붙이지 않았습니다. 그래서 독자는 무심결에 '풉' 하고 웃음이 터지고, '그래, 맞아!' 하며 공감하게 되는 것이지요.

이와 비슷하게, 공격적인 말을 살짝 비틀거나 뒤집어 전달하는 것도 하나의 '유머'가 될 수 있습니다. 예를 들어, 소프트뱅크 그룹의 손정의 회장이 트위터에서 자신의 탈모에 대한 비유적인 코멘트를 보고 "머리카락이 후퇴하는 것이 아니라, 제가 전진하고 있는 것입니다."라고 재치 있게 받아쳤다고 하지요? 이 발언은 참신할 뿐만 아니라 '훗' 하고 웃음을 자아내는 유머의 좋은 예라고 생각합니다. 결국, '유머'란 곧 '웃음'입니다. 일상의 대화 속에서 유머를 자연스럽게 활용할 수 있다면 인간관계는 더욱 편안하고 풍요로워질 것입니다.

☆ 포인트

'말하는 것'보다 '듣는 연습'을 하자.

필사해보세요

자신의 의견은 일단 제쳐두고 상대방의 말을

잘 들어주도록 하자.

말하는 연습보다 불필요한 말을 하지 않는 연습이 더 중요하다.

부정적인 감정을 '유머'로 잘 승화시켜보자.

39

잘 부탁할 수 있는
사람이 되어보자

일을 하다 보면 애를 쓰고 열심히 하는 사람들, 혹은 행복해지기 어려운 사람들 중에는 타인에게 기대거나 부탁하지 못하는 유형이 많습니다. '도와달라고 부탁했다가 거절당하면 상처받으니까' '기댔다가 괜히 미움을 사면 슬프니까' '편하게 남에게 부탁하거나 기대면 안 되니까' 라고 생각하기 때문이지요. 충분히 그럴 수 있습니다. 하지만 한 사람에게 모든 것을 의존하지 않는다면 어떨까요? 여러 사람에게 부탁하고 감사할 줄 아는 것, 그리고 여러 사람에게 기대며 행복을 찾는 것도 훌륭한 소통 방법이라고 생각합니다. 게다가 시간을 투자해서 직접 기술을 익히는 것보다, 이미 그 기술을 가진 사람에게 부탁하는 것이 훨씬 더 좋은 결과를 가져올 수도 있습니다.

'노력형'에서 '부탁형'으로 종목을 바꿔보는 것도 훌륭한 생존 전략 중 하나입니다. 혼자서 끙끙대느니, 차라리 부탁하는 편이 일이 더 잘 풀리는 경우가 많기도 하지요. 물론 '해보지도 않고 곧바로 도와달라는 것은 어리광이다' '모든 것은 자기 책임이다' '혼자 열심히 하는 것이 미덕이다' 같은 사고방식이 여전히 존재하지만, 저는 이렇게 크게 외치고 싶습니다. 도와달라고 말해도 괜찮습니다. 오히려 살아남기 위해 매우 중요한 전략입니다.

　도와달라고 했다가 거절당하면 상처받을 것 같다고 생각할 수도 있지만, 곤란할 때 자신을 도와주지 않는 사람과 계속 관계를 유지할 필요가 있을까요? 오히려 이를 계기로 관계를 끊어도 되는 사람을 알게 된 것이니 행운일 수도 있습니다. 거절하는 사람은 신경 쓰지 말고, 기꺼이 도와주는 사람과의 관계를 소중히 여기는 편이 훨씬 낫습니다.

　직장에서도 마찬가지입니다. 동료나 상사에게 도움을 요청하세요. 혼자 해결하려다가 결국 실패하면 주변 사람들이 뒷수습하느라 더 큰 부담을 지게 됩니다. '좀 더 빨리 말했으면 도와줄 수 있었을 텐데'라며 핀잔을 듣는 경우도 많습니다. 여기서 중요한 포인트는 '말하지 않으면 아무도 도와줄 수 없다'는 것입니다. 가만히 있으면 주변 사람들은 당신이 힘든 줄도 모릅니다. 의외로 사람들은 남의 일에 무관심합니다. 그러니 당당하게 도움을 요청하세요.

그리고 어떤 경우에는 당신의 요청이 상대방에게 기쁜 일이기도 합니다. 가령 당신과 좀 더 친해지고 싶은 사람이라면 '나에게 도움을 청했으면 좋겠는데' '기댔으면 좋겠는데'라고 생각하고 있었을 수도 있습니다. 의외로 그런 경우가 많습니다. 반대로, 만약 친한 친구가 곤란한 상황에 처했다면 당신은 어떻게 하겠습니까? 아마 그 친구가 당신에게 기대길 바랄 것입니다. 그러니 이제 '혼자서 해결해야 한다'는 생각을 버리고, '필요할 때 부탁할 수 있는 사람'이 되어 보세요.

☆ 포인트

힘들 때는 주변 사람들에게 도움을 요청하자.

혼자 노력하는 것보다는

도움을 줄 수 있는 타인에게 부탁하는 것이 좋은 방법이다.

도와달라고 말하는 것은 살아남기 위해 매우 중요한 전략이다.

내가 말하지 않으면 도움을 받을 수 없으니

당당하게 도움을 요청하러 나서보자.

40

자신을 사랑할 수 있으면
삶을 더 쉽게 살아갈 수 있다

수많은 인간관계 중에서도 배우자와의 관계는 가장 밀접한 관계 중 하나입니다. 그만큼 어렵고 예민한 부분이 많지요. 배우자의 기분이나 감정을 알 수 없어 답답하기도 하고, 때로는 상대를 구속하거나 사소한 일까지 간섭하기도 합니다. 그러다 사소한 일로 언쟁을 벌이기도 하지요. 이렇게 행동하는 데는 여러 가지 이유가 있지만, 대개는 '사랑받지 못한다'는 불안이 원인인 경우가 많습니다.

'나는 사랑받을 가치가 있다'라고 생각하며 사는 사람과 '어차피 나는 사랑받지 못한다'라고 생각하며 사는 사람은 세상을 바라보는 시선 자체가 다릅니다. 지금까지 여러 번 언급했듯이, 이는 부정적인 사고 습관 중 하나입니다. '어차피 나는 사랑받지 못한다'라는 생각에 사로잡히면 배우자의 어떤 행동도 '그래서 나는 사랑받지 못하는 거야'라고 해석하게 됩니다.

예를 들어, 배우자가 눈코 뜰 새 없이 바빠서 메신저에 답을 하지 못한 것뿐인데도 '내가 싫어서 답을 늦게 하는 거야'

라고 받아들이는 것이지요. 반면, '나는 사랑받고 있다'라는 믿음이 있는 사람은 '일이 바쁘다고 했지?' '벌써 자나?'라며 상대방의 사정을 너그럽게 이해할 수 있습니다.

'나는 사랑받을 가치가 있다'는 생각은 스스로를 사랑하는 자애의 개념과 연결되어 있습니다. 자애란 1장에서 언급했듯이 '자신을 사랑한다' '자신을 존중한다' '자신을 용서한다' '자신을 인정한다'와 같은 개념으로, '자기 수용'과도 비슷한 개념입니다. 자애는 '잘하니까' '남들보다 뛰어나니까' 같은 조건이 붙는 것이 아니라, '아무것도 할 수 없는 무력한 아기를 사랑하는 부모'처럼 근원적인 수용에 가깝습니다.

'나는 이런 것도 못하고 저런 것도 못하지만 그래도 괜찮다. 지금 이 순간, 있는 그대로의 나를 사랑한다' 이런 자애의 개념을 갖는 것은 소중한 사람과의 인간관계에서도 매우 중요합니다. '자신의 가치'를 소중히 여기고 굳게 믿을 수 있다면 자기 자신을 더 깊이 사랑할 수 있고, '나는 사랑받고 있다'는 생각 덕분에 인생을 더 쉽게 살아갈 수 있습니다. 어차피 살아가는 인생이라면, 어렵게 살 이유는 없습니다. 보다 여유롭고 즐겁게, 그리고 더 행복하게 살아가는 편이 훨씬 낫습니다.

☆ 포인트

이것도 못하고 저것도 못하지만 있는 그대로의 '나'로서 괜찮다.

'나는 사랑받을 가치가 있다'는 마음을 가지고 살아가자.

자신의 가치를 소중히 여기자.

어차피 사는 인생, 어렵게 살아가지 않아도 된다.

보다 여유롭고 즐겁게, 그리고 더 행복하게 살아가도 괜찮다.

그냥 행복해지면 안 되나요?

41

완벽하지 않고 별 볼 일 없는

그런 '나'라도 좋다

5장에서는 무리하지 않으면서 자신의 행복을 소중히 여기며 살아가는 요령에 대해 이야기하고자 합니다. 이는 매일의 일상 속에서 자그마한 행복을 느끼고 유지할 수 있도록 돕는 '멘탈 관리'와도 관련이 있습니다. '행복'은 거창하고 대단한 것이 아니라, 아주 작은 순간에도 충분히 느낄 수 있는 감정입니다. 그렇다면 가끔은 그런 작은 행복에 아무런 생각 없이 푹 빠져보는 것도 좋지 않을까요?

행복을 지키며 살아가는 방법에는 여러 가지가 있지만, 그중 하나가 바로 '기대하지 않는 것'입니다. 우울, 초조, 짜증 등 불안한 감정은 기대와 현실의 괴리가 클 때 발생하는 경우가 많습니다. '더 잘할 수 있었는데' '더 열심히 했어야 했는데 그러지 못했어…' '이런 실수를 하다니! 도저히 용납할 수 없어!' 이러한 감정들은 '잘하는 나' '완벽한 나' '실수하지 않는 나'와 같이 스스로에게 건 기대가 현실과 맞지 않을 때 생겨납니다. 자신에게 너무 큰 기대를 걸지 마세요. 완벽하지 않아도, 대단하지 않아도 괜찮습니다. 실수해도, 별 볼일 없어도 괜찮습니다.

이렇게 말하는 이유는 자신에게 너무 큰 기대를 걸어 스스로 목을 조이는 사람이 너무 많기 때문입니다. 기대란 쉽게 '~해야 한다는 사고'로 이어질 수 있습니다. '나는 이렇게 해야 한다' '반드시 그렇게 해야 한다' '남들에게 이렇게 보여야 한다'. 이처럼 '~해야 한다'는 사고를 강요하면 삶이 점점 더 고통스러워집니다. 그렇게까지 어깨에 힘을 줄 필요도 없고, 자신을 과대평가할 필요도 없습니다. '사람들의 이목을 끌 만큼 대단해야 한다'거나 '남들에게 자랑할 만한 사람이 되어야 한다'고 생각하지 않아도 괜찮습니다.

또한, 다른 사람에게도 큰 기대를 걸지 않는 것이 좋습니다. 처음부터 큰 기대를 걸지 않는 것이 서로 편하게 지낼 수 있는 가장 좋은 방법이기 때문입니다. 실제로 다른 사람에게 기대를 걸어도 그 사람이 바뀌는 일은 거의 없으며, 바꾸려고 해도 바꿀 수 없습니다. 다른 사람에게 자신의 '~해야 한다'를 강요하는 것은 결국 모두를 불편하고 불행하게 만들 뿐입니다.

또한, '당신에게 이런 것을 해주고 싶다'와 같은 행동도 주의가 필요합니다. 얼핏 배려처럼 보이지만, 실은 상대방에게 자기 멋대로 기대를 걸고 있는 것일 수도 있기 때문입니다. 상대방이 원하는 것을 정하는 것은 상대방 본인이 해야 할 일입니다. 하지만 우리는 종종 상대방의 생각을 가늠할 수 있다고 착각하며, 상대의 영역을 침범하는 실수를 합니다. 겉으로는 상대방의 인생을 존중하는 것처럼 보일지라도, 실은 존중하지 않는 행동이 될 수 있습니다.

자신에게든, 다른 사람에게든 기대를 강요하지 마세요. 조금 더 여유를 가지고, 있는 그대로의 나와 있는 그대로의 상대방을 받아들이며 마주하는 것이 중요합니다.

☆ 포인트

자신에게도 타인에게도 큰 기대를 걸지 말자.

나 자신에게 너무 큰 기대를 걸지 말자.

완벽하지 않아도 괜찮다.

실수해도 괜찮고 별 볼 일 없어도 괜찮다.

다른 사람에게도 큰 기대를 걸지 말자.

멋대로 기대하고 배려하는 것도 상대를 존중하지 않는

행동일 수 있다.

42

어리광을 부리고 기대도 괜찮다

'사는 게 힘들고 괴로운 사람' 중에는 남에게 기대거나 도움을 청하지 못하는 경우가 많습니다. '나는 다른 사람에게 어리광을 부리거나 징징대는 사람이 아니다' '남에게 기대도 되는지 잘 모르겠다' '도와 달라고 부탁했는데 거절당하면 상처받을 것 같다'. 이처럼 다양한 이유로 인해, 지치고 힘들어도 '도와 달라'는 말조차 하지 못해 더 힘들어지는 경우가 많습니다. 우선 '누군가에게 기대도 괜찮다'는 사실을 기억하세요. 도움을 청할 수 있는 상대가 있다는 것만으로도 괴로움이 크게 줄어듭니다. 그런데 '도와 달라'며 누군가에게 기대려면 큰 용기가 필요합니다. 자, 그럼 어떻게 하면 조금 더 수월하게 남에게 기대거나 도움을 청할 수 있을지 알아봅시다.

1. 자신이 완벽하지 않다는 사실을 받아들인다.

'무엇이든 혼자 할 수 있다'고 생각하면, 정작 혼자 할 수 없을 때 더욱 힘들어집니다. 하지만 사람은 당연히 혼자서 모든 것을 할 수 없으며, 혼자 살아갈 수도 없습니다. 예를 들어, 아침에 쓰레기를 분리 배출하면 그 쓰레기를 수거해 가는 누군가가 있고, 출근길에 타는 지하철도 운전하는 사람이 있으며, 출근해서 일하면 그 시간만큼의 급여를 계산해 통장에 넣어주는 사람이 있습니다. 이처럼 우리가 살아가는 세상에는 '혼자 할 수 없는 일'이 많습니다. 이 사실을 인정하면, 자연스럽게 다른 사람에게 도움을 청해도 된다는 점을 받아들이게 될 것입니다.

2. '도와 달라'고 말할 수 있는 사람을 목록으로 작성한다.

도움을 청할 사람이 고민될 때, 미리 자신과 친분이 있거나 관련이 있는 사람을 파악해 두는 것이 좋습니다. 먼저 종이를 준비하고 삼중원을 그려보세요. 가장 안쪽 원에는 가족, 애인, 친한 친구처럼 가장 가까운 사람들의 이름을 적습니다. 이들은 곤란한 상황에서 진심으로 발 벗고 나서줄 수 있는 사람들입니다. 두 번째 원에는 사이좋은 친구나 직장 동료, 상사 등 '그럭저럭 친한 사람들'의 이름을 적습니다. 이들에게는 부담이 가지 않는 범위 내에서 도움을 받을 수 있습니다. 마지막으로 가장 바깥쪽 원에는 자신과 교류가 있지만 도움을 기대하기 어려운 사람들의 이름을 적습니다. 이렇게 정리해 보면 자신에게 도움이 되고 기댈 수 있는 사람이 예상보다 많다는 사실을 깨닫게 될 것입니다. 이런 사람들이 있다는 사실만으로도 마음이 한결 편안해집니다.

3. 누군가 한 사람에게만 기대거나 도움을 청하지 않는다.

기대거나 도움을 청하는 것이 상대방에게 부담이 되는 이유는 '누군가 한 사람에게만 의존'하기 때문이기도 합니다. 2번에서 종이에 적어 만든 도넛 모양의 인간관계에서 중심에 있는 사람뿐만 아니라 그 주변 사람들에게도 '조금씩 나누어' 기대거나 도움을 청하는 것이 좋습니다. 어느 한 사람에게만이 아니라 '여러 사람에게'가 중요한 포인트입니다.

세 가지 방법을 읽어보니 어떤가요? '도와 달라'고 말할 수 있고, 기댈 수 있는 누군가가 있다는 것만으로도 마음이 한결 가벼워지고 괴로움이 덜어진 것 같지 않나요? 다른 사람에게 어리광을 부려도 괜찮고, 기대도 괜찮고, 도와 달라고 말해도 괜찮습니다.

☆ 포인트

한 사람이 아닌 여러 사람에게 기대거나 도움을 청하자.

삼중원을 그려서 자신만의 '도와줘!' 목록을 만든다.

그 이외의 사람

그럭저럭 친한 사람

가까운 사람

힘들 때는 다른 누군가에게 기대도 괜찮다.

도움을 요청할 수 있는 사람이 있다는 사실을

깨닫는 것 만으로도 마음이 편해질 수 있다.

상대방의 부담을 덜 수 있도록 여러 사람에게

나누어서 도움을 청하는 것이 좋다.

43

행복은 기대하는 것이 아니라
각오하고 찾아 나서는 것이다

저는 '행복은 기대하지 않는 것이 좋다'라고 말할 때가 있습니다. 이렇게 말하면 '행복을 기대하지 않으면 행복해질 수 없을 것 같은데요?'라는 반문이 돌아오기도 하는데, 이렇게 말하는 이유가 있습니다. 행복을 크게 기대한 나머지 '행복해지지 않으면 어떡하지?' 하는 불안에 휩싸이는 경우가 있기 때문입니다.

행복은 '기대하는 것'이 아니라 '각오하는 것'입니다. 행복의 패턴은 한 가지가 아닙니다. 매우 다양합니다. '좋아하는 음악을 전공해서 행복해지고 싶다'고 생각했지만, 음대로 진학하지 못했다고 해서 행복해질 수 없는 걸까요? '지금 사귀는 애인과 결혼해서 행복해지고 싶다'고 생각했지만, 그 애인과 헤어지면 더 이상 행복할 수 없는 걸까요? 이렇듯 바라는 대로 일이 풀리지 않아도, 지금의 행복을 잃어버려도 행복해질 수 있는 방법은 아주 많습니다. 그리고 당신에게는 행복해질 권리가 있습니다.

그러니 행복을 기대하지 말고 '나는 더 행복해지고 싶다.

스스로 행복을 찾으러 간다'라고 정하세요. '행복을 찾으러 간다!'라고 각오하는 것입니다. 단순히 '행복해지고 싶다'고 기대하는 것이 아니라 '나는 행복해진다'라고 정하면, 설령 가려던 길이 막히더라도 행복해질 수 있는 다른 길을 찾을 수 있습니다. '이 방법은 실패했으니 다른 방법을 시도해 보자!'라고 생각하며, 새로운 행복의 방법을 모색하는 것이지요. 스스로 정하고 각오를 굳히면 자신만의 행복을 찾기 위해 행동할 수 있습니다. 그러면 '나 같은 게 행복해져도 되나?' 하는 잘못된 생각도 사라지고, '불행해지면 어떡하지?' 하는 불안도 줄어들 것입니다.

행복뿐만 아니라, 스스로 무언가를 정하는 것은 매우 중요합니다. '소중히 여긴다'가 아니라 '소중히 여긴다고 정한다' '쉬고 싶다'가 아니라 '쉰다고 정한다'처럼 자신이 원하는 모습을 '정하는' 것이지요. 그렇게 하면 스스로 주체적으로 움직일 수 있습니다. 되고 싶은 자신의 모습이 있다면 '그렇게 될 것이다'라고 스스로 정하세요.

- 있는 그대로의 나 자신을 받아들이기로 정한다.

- 나의 몸과 마음을 소중히 여기기로 정한다.

- 지쳤다고 느껴지면 무리를 해서라도 쉰다고 정한다.

이렇게 '스스로 정한 것'을 소중히 여기세요.

☆ 포인트

'자신이 바라는 모습'은 스스로 정한다.

행복은 기대하는 것이 아니라

각오하고 찾아 나서는 것이다.

나 스스로 무언가를 정한다는 것은 매우 중요한 일이다.

되고 싶은 나의 모습이 있다면 그렇게 될 것이라고

스스로 정하자.

——————— 44 ———————

불쾌한 감정은
스스로 마주하고 해결해야 한다

'그 사람 정말 짜증 나' '그런 말을 하다니 기분이 나쁘네'. 이렇게 불쾌한 감정이나 분노, 불만이 생기면 행복을 느끼기 어렵습니다. 그런데 이런 불쾌한 감정은 누군가가 대신 깔끔하게 해결해 줄 수 없습니다. 귀찮고 힘들더라도 스스로 마주하고 해결해야 합니다. 만일 불안, 초조, 답답함이 가라앉지 않는다면 종이에 적어 감정을 정리해 보면 어떨까요?

1. 불안, 초조, 답답함의 원인을 적어본다.

예를 들어, 집에 돌아왔는데도 불안하거나 초조하고 답답하다면 그 원인을 종이에 적어보세요. '해도 해도 일이 끝나지 않는다' '상사의 지시가 무슨 뜻인지 모르겠다' '아이가 말을 안 듣는다' '메신저로 구구절절 불만을 토로하는 친구가 싫다' '피곤해 죽겠는데 가족들이 집안일을 자꾸 만든다'. 이렇게 무엇이든 솔직하게 적어보는 것이 중요합니다.

2. 비율을 따져본다.

불안, 초조, 답답함이 각각 어느 정도의 비율을 차지하는지 써보세요. 직장(30%), 가족(40%), 컨디션(20%), 소셜 네트워크(10%). 이렇게 대략적인 수치라도 정리해보면 상황을 더 객관적으로 파악할 수 있습니다.

3. 구체적인 대책을 생각해 본다.

비율을 따져봤다면, 이제 자신이 대처할 수 있는 것과 그렇지 않은 것을 나누어보세요. 대처할 수 있는 것에는 구체적인 해결책을 고민해보는 것이 중요합니다.

- 일이 끝나지 않는다.

  → 스케줄을 다시 짜고, 업무를 조금씩 나눠서 진행한다.

- 아이가 말을 듣지 않는다.

  → 아이의 행동에 이유가 있는지 생각해 본다. 자식은 부모의 기대대로 움직이지 않는다는 점을 받아들인다.

- 메신저로 친구가 자신의 불만을 계속 토로한다.

  → 메신저를 포함한 소셜 네트워크를 잠시 쉬어 본다. 친구의 메시지 알림을 무음으로 설정한다.

- 피곤해 죽겠는데 가족들이 집안일을 자꾸 만든다.

  → 집안일을 조금 느슨하게 한다. 가족들이 자신이 힘든 것을

눈치채지 못했을 수도 있으니, 솔직하게 '도와 달라'고 부탁하거나 기대본다. 가족들에게 자신의 상태를 알리고 충분히 쉰다. 자신을 돌보는 시간을 갖는다.

이렇게 구체적으로 종이에 적어가면서 생각해보면, 불안과 초조함, 답답한 감정이 한결 줄어들지 않을까요? 불안과 초조함, 불쾌한 감정을 다루는 것은 쉽지 않지만, 자신이 통제할 수 있는 범위 내에서 할 수 있는 일들을 찾으면 삶이 훨씬 편안해질 것입니다.

☆ 포인트

불쾌한 감정은 종이에 적어서 구체적인 대책을 생각해보자.

불쾌한 감정은 귀찮고 힘들어도 스스로 마주하고
해결하는 수밖에 없다.

불안한 감정을 종이에 써서 정리하는 것만으로도
그런 감정이 가라앉고 해소될 수 있다.

내가 통제할 수 있는 범위 내에서 불안한 감정을 다루면
한결 지내기 편해질 것이다.

45

작은 불안은

크게 신경쓸 필요가 없다

'불안'은 참 성가신 감정입니다. 불안에는 '미래가 불확실해서 불안하다'부터 '현관문을 잠갔나?' 하는 사소한 걱정까지 다양한 종류가 있습니다. 그중 작은 불안은 크게 신경 쓰지 않아도 됩니다.

작은 불안까지 일일이 신경 쓰다 보면 어느새 '트라우마'로 이어질 수도 있습니다. 예를 들어, '내가 현관문을 잠갔나?' 하고 불안해서 집에 돌아간 경험은 누구나 한 번쯤 있을 것입니다. 하지만 이런 일이 매일 여러 번 반복된다면, 강박관념으로 발전할 수도 있어 치료가 필요할 수도 있습니다. 어쩌다 한 번 '현관문을 잠갔나?' 하며 걱정되어 다시 확인하는 것은 별일 아닙니다. 하지만 '내가 어딘가 이상한 걸까?'라고 스스로 의심하기 시작하면 오히려 불안이 더 커질 수 있습니다. 그러니 '다들 한 번쯤은 그런 경험이 있다'고 가볍게 넘기는 것이 좋습니다. 반면, '미래가 불확실해서 불안하다' 같은 큰 불안은 단순히 '신경 쓰지 않으면 된다'는 말로 해결하기 어려운 문제입니다.

그러니 먼저 '불안은 미지의 부분이 많을 때 생기는 감정'이라는 점을 알아두었으면 합니다. 예를 들어, 새 직장에 출근하는 것이 불안하다고 가정해 봅시다. '상사와 잘 맞지 않을 수도 있어' '사람들이 기대하는 만큼 성과를 내지 못하면 어떡하지?' '매일 출근길의 만원 지하철을 견딜 수 있을까?'. 이처럼 다양한 불안이 생길 수 있습니다. 그런데 잘 살펴보면 이런 불안들은 모두 '아직 알 수 없는 것'이라는 공통점을 가지고 있습니다. 즉, 모르기 때문에 불안한 것입니다. 만약 이미 알고 있다면 어떻게든 대처할 것이고, 직장이 정말 견디기 힘들다면 결국 다른 선택을 할 수도 있을 테니까요. 결국 불안은 미지에서 비롯되므로, 미지의 요소를 줄이면 되는 것입니다.

그러려면 먼저 앞으로 일어날 것 같은 문제를 종이에 적어보세요. 그리고 차분한 마음으로 문제를 정리하고 대응 방법을 생각해보세요. 예를 들어, 위의 불안을 정리해 보면 다음과 같습니다.

- '상사와 잘 맞지 않을 수도 있어'

  → 실제로 만나보지 않으면 알 수 없으니, 지금 고민해 봤자
  의미가 없다.

- '사람들이 기대하는 만큼 성과를 내지 못하면 어떡하지?'

  → 해보지 않으면 모르는 일이고, 실제로 사람들이 기대하는
  지도 확실하지 않으니 지금 걱정할 필요가 없다.

- '매일 출근길의 만원 지하철을 견딜 수 있을까?'

  → 조금 더 일찍 출근하면 만원 지하철을 피할 수 있다.

이처럼 종이에 정리하면서 대응 방법을 생각하면 미지의
부분이 줄어들고, 불안도 자연스럽게 줄어들 것입니다.

☆ 포인트

미지의 부분을 없애면 불안도 줄어든다.

작은 불안은 크게 신경 쓰지 않아도 괜찮다.

불안은 '미지의 부분'이 많으면 생기는 감정이므로,
그러한 부분들을 줄이면 해결할 수 있다.

46

분노의 '표출'은 조심하자

'분노'라는 감정은 참 다루기 어렵습니다. 괜히 욱해서 하지 않아도 될 말을 내뱉고 상대방과 언쟁을 벌이는 것도 싫고, 그렇다고 아무 말도 하지 않고 혼자 분해서 씩씩대는 것도 답답합니다. 저도 당직을 선 다음 날에는 많이 지치고 힘들어서 사소한 일에도 쉽게 짜증을 내거나 화를 내기도 합니다. '그러지 말자'라며 스스로를 통제하려 해도 피곤하거나 기운이 없거나 배가 고프면 조절하기가 쉽지 않습니다.

그렇다고 해서 '분노'라는 감정 자체가 나쁜 것은 아닙니다. 분노는 '마음의 통각'과 같습니다. 만약 우리가 통각을 느끼지 못한다면, 맞아도 아프지 않으니 계속해서 맞게 될 것이고, 결국 몸이 망가질 것입니다. 마음도 마찬가지입니다. 분노라는 '마음의 통각'이 없다면 남에게 심한 말을 들어도 상처받았다는 사실조차 알아채지 못한 채 계속해서 감내하게 될 것이고, 결국엔 마음이 산산조각 날지도 모릅니다.

이처럼 '분노'는 자신을 지키는 데 필요한 감정입니다. 다만 문제는 이를 어떻게 표출하고 분출하느냐에 있습니다. 욱

하는 마음에 동료에게 폭언을 퍼붓거나, 화가 나서 아이에게 손찌검이라도 한다면 큰 문제가 되겠지요. 그렇게 되면 상대방과의 관계가 악화되고, 자신에 대한 신뢰에도 금이 가고 맙니다. '분노의 감정' 자체는 우리에게 필요합니다. 하지만 그 감정을 상대방에게 직접 퍼붓거나 분출하는 것은 문제가 될 수 있습니다. 따라서 상대방에게 분노를 표출하기 전에 잠시 멈춰보세요. 그리고 '분노의 감정'과 '분노의 표출'은 별개라는 점을 명심하세요.

예를 들어, 부하 직원이 맡긴 일을 기한 내에 마치지 못했다고 가정해 봅시다. '아직도 못 끝냈다고?' 하는 분노의 감정이 드는 것은 자연스러운 일입니다. 하지만 "아직도 못했어요? 도대체 여태까지 뭘 한 겁니까?"라며 사무실이 떠나가도록 고함을 치는 것은 바람직하지 않습니다. 이처럼 감정을 그대로 표출하는 것은 좋은 방법이 아닙니다. 이럴 때는 '일단 멈추는 것'이 중요합니다. 미리 자기 나름의 '감정을 가라앉히는 방법'을 몇 가지 정해두면 도움이 될 것입니다. '멈추는 방법'에는 다음과 같은 것들이 있습니다.

- 짜증이 올라오면 6초를 센다.

- 욱할 것 같으면 물을 마신다.

- 화가 치밀 때 '쉬 쉬', '자 자' 등 마음속으로 외칠 단어를 정해둔다.

- 열받으면 일단 마음을 가라앉히기 위해 자리를 피한다.

이 외에도 자신이 분노를 가라앉힐 수 있는 방법이 있다면 무엇이든 활용해 보세요. 잠시 멈추는 것만으로도 현재 상황을 좀 더 차분하게 바라볼 수 있고, 감정을 인지하는 데 도움이 됩니다. 그리고 마음이 어느 정도 가라앉았다면, 자신이 왜 화가 났는지 그 이유를 곰곰이 생각해보세요.

- 일을 끝냈을 거라 기대했는데 그렇지 않아서 실망했다.

- 마감일까지 일이 끝나지 않으면 곤란해진다.

- a부하 직원이 일을 끝내지 않았다는 말을 듣고, 마치 무시당한 것 같은 기분이 들었다.

이렇게 하면 자신의 마음속에서 일어나는 다양한 감정을

알아낼 수 있습니다. 기분을 어느 정도 정리한 후, '어떻게 표현할지'를 생각해보세요. 가령, 부하 직원에게 "일을 아직 끝내지 못했다는 게 꽤 충격적이네요. 지금부터 하면 언제까지 마칠 수 있을까요?"라고 차분하게 질문할 수 있습니다. 또는 "마감일까지 일을 끝내지 못하면 정말 곤란해요. 내일 정오까지는 반드시 거래처에 제출해야 합니다. ○○ 씨에게 도움을 요청할 수 있을까요?"라고 제안할 수도 있습니다.

'분노의 감정'이 치밀어 오르는 것은 자연스러운 일입니다. 감정을 억누르려고 하기보다 받아들이는 것이 중요합니다. 다만, 분노가 생겼을 때 잠시 멈춰 서서 자신의 감정을 정리하고, '이 분노를 어떻게 표현할 것인지'를 고민해보세요. 분노의 '감정'과 '표출'은 별개입니다. 이 점을 반드시 기억하세요.

☆ 포인트

분노가 치밀어 오른다면 일단 멈추자.

분노의 감정이 마음속에 생기는 것 자체는 나쁘지 않다.

그러나 분노의 표출 방식에 대해서는 신경 써서

관리해야 한다.

분노가 치밀어 오른다면 일단 멈추고 심호흡을 하자.

47

'어떻게든 되겠지'라고
많이 생각할수록
여유가 생긴다

같은 일이 벌어져도 '이제 끝장이다!'라고 생각할지, '어떻게든 되겠지?'라고 생각할지에 따라 '행복의 감정'은 달라집니다. 예를 들어, 늦잠을 자서 지각을 했다고 합시다. '상사는 지각에 엄격하니 엄청나게 잔소리를 하겠군. 무슨 핑계를 대지? 늦잠 잤다고 하면 좀 그러니, 지하철이 늦게 왔다고 할까? 그런데 요즘은 인터넷으로도 확인할 수 있으니 금세 들킬 텐데…'. 이처럼 이러지도 저러지도 못하며 질질 끌려다니는 사람이 있는가 하면, '이미 일어난 걸 어쩌겠어? 어떻게든 되겠지!'라며 빠르게 생각을 정리하고 넘기는 사람이 있습니다. 행복해질 수 있는 사람은 누구일까요? 당연히 후자겠지요. 이처럼 '어떻게든 되겠지'의 범위는 넓을수록 좋습니다. '어떻게든 되겠지'라는 생각을 가지면 마음의 여유가 생깁니다.

앞의 예시처럼 지각한 사실만 곱씹으며 우울해하는 사람은 오전 내내 '역시 상사에게 한 소리 들었어. 동료들 앞에서 창피해 죽겠네…'라며 기분이 가라앉아 실수를 반복할지도 모릅니다.

반면, '어떻게든 되겠지'라며 빠르게 생각을 정리한 사람은 '지각했으니 그만큼 만회해야지'라고 마음먹고 열심히 일할 것입니다. 마음의 여유가 생겼으니까요.

자, 그럼 '어떻게든 되겠지'의 범위는 어떻게 넓힐 수 있을까요? 그 힌트가 바로 '파악 가능감' 혹은 '처리 가능감'이라는 개념입니다. 예를 들어, 합격 커트라인이 70점인 시험을 본다고 가정해 봅시다. 70점 이상만 받으면 되는데도 불안해서 필사적으로 공부하는 사람이 있습니다. 100점을 맞겠다는 각오로 시험 전날까지 과도한 시간을 투자하지요. 어찌 보면 지나칠 정도로 노력하는 사람입니다. 반면, 그렇게까지 무리하지 않고 여유를 갖고 시험에 임하는 사람이 있습니다. 이들은 요령이 있는 사람들이지요. 이렇게 요령이 있는 사람들은 '파악 가능감' 혹은 '처리 가능감'이 강한 사람들입니다.

'파악 가능감'이란 자신이 처한 상황을 객관적으로 이해하거나 앞으로 벌어질 일을 예측할 수 있는 감각을 의미합니다. 현재의 상황을 제대로 파악하고 미래를 예측할 수 있기 때문에 '어떻게든 되겠지'라는 생각의 범위가 넓어지는 것입니다. '파악 가능감'이 강한 사람은 이렇게 생각할 수 있습니다. '나는 여태까지 이 정도는 공부해 왔고, 앞으로 이만큼만 더 하면 이번 시험은 통과할 수 있을 거야' '100점은 아니지만 80~90점은 맞을 수 있으니 합격은 가능하겠군' 이처럼 자신이 가진 능력과 상황을 현실적으로 분석할 수 있으면 대략적으로 앞으로의 상황을 예측할 수 있습니다.

'처리 가능감'은 '어떻게든 되겠지'라고 생각하는 감각입니다. 자신의 문제를 스스로 해결할 수 있다는 자신감과 같은 것입니다. '처리 가능감'이 강하면 '어떡하지?' '안 되겠어⋯ 조금 더 공부해야 해' 등 불필요한 걱정으로 머리를 복잡하게 만들지 않고, '여태까지 이 정도 문제는 잘 풀었으니 이번 시험도 잘할 수 있을 거야'라고 생각할 수 있습니다. 시험을 볼 때도 '어떻게든 되겠지'라고 생각할 수 있어서 불안감이 낮아지고, 자신에게 적절한 공부량으로 합격할 수 있습니다.

이런 '파악 가능감'과 '처리 가능감'을 높이는 것은 물론 쉽지 않은 일입니다. 하지만 '그런 감각이 있다'는 것을 아는 것만으로도 인생이 조금은 달라질 수 있습니다. 그리고 이런 감각은 지금까지 쌓아온 '어떻게든 되겠지'라는 경험으로 길러질 수도 있습니다.

사람은 잘 잊어버립니다. 지금까지 잘 살아온 것도 결국 어떻게든 해결해 왔기 때문인데, 정작 그 사실을 기억하지 못하는 경우가 많습니다. 하지만 지금까지 잘 살아왔다면 앞으로도 어떻게든 잘 살아갈 수 있습니다. 걱정하지 않아도 됩니다. 그러니 지금까지 살아오면서 '어떻게든 잘 해결됐던 경험'을 떠올려 보는 것도 좋습니다. 이런 식으로 다양한 각도에서 '어떻게든 되겠지'의 범위를 넓혀 나가길 바랍니다. 그러면 자연스럽게 마음의 여유가 생기고, 좀 더 편하게 살아갈 수 있을 것입니다.

☆ 포인트

'파악 가능감'과 '처리 가능감'을 높이자.

'이제 끝장이다'보다는 '어떻게든 되겠지'라고

생각하는 편이 낫다.

내가 놓인 상황을 파악하거나 앞으로 벌어질 일을

예측할 수 있는 '파악 가능감'을 기르자.

여태까지 잘 살아왔으니 앞으로도 어떻게든 잘 살 수 있다.

너무 걱정하지 말자.

48

어차피 100년이 지나면
인간은 모두 재로 변한다

하루하루 살다 보면 '또 안 됐어. 그것 참 안 풀리네…'라며 우울할 때도 있고, '매일 일해도 끝이 없어. 그런데 아무도 도 와주지 않아!'라며 화가 날 때도 있으며, '왜 나한테만 이런 일이 일어나는 거야? 더는 못 해 먹겠네!'라며 외롭고 힘들 때도 있습니다. 이런 상황에서는 두 가지 관점에서 생각해보 면 좋습니다.

하나는 '넓은 관점에서 바라보기'입니다. 좁은 시야에서 어느 한 부분만 바라보는 것이 아니라, 전체적인 흐름을 보 는 것입니다. 예를 들어 '이번에는 실패했지만 나머지 아홉 번은 잘했으니까 합쳐서 보면 괜찮아' '이런 점은 별로지만, 그래도 이런저런 장점이 있잖아'라고 생각하는 식입니다. 이렇게 넓은 시야로 자신을 바라보면 눈앞의 작은 실패나 실 수도 크게 보이지 않고, '그만하면 됐다'라고 넘길 수 있습니 다.

다른 하나는 '긴 시간의 축으로 바라보기'입니다. '지 금' 당장은 눈앞의 사건이 매우 크고 중대한 일처럼 보이지만, 10년 후의 관점에서 보면 '그게 그렇게까지 중요한 일이었을까?' 하고 생각될 수 있습니다. 과연 지금의 이 사건이 10년 후에도 내 삶에 큰 영향을 미칠까요? 저의 경우, 약 10년 전 고등학교 시절에 겪었던 일들을 떠올려보면, 그 당시에는 엄청난 사건처럼 느껴졌던 일들이 지금의 저에게는 아무런 영향도 미치지 않습니다. 심지어 당시의 크고 작은 일들조차 제대로 기억나지 않는 경우도 많습니다. 그렇다면 지금 내가 고민하고 있는 문제도 10년 후에는 아무렇지도 않게 느껴질 가능성이 크겠지요.

'10년 후'라는 시간의 축을 길게 잡고 바라보는 방법은 다른 상황에도 활용할 수 있습니다. 예를 들어 '10년 후의 나'라면 어떤 선택을 할지를 생각해보는 것입니다. 우리는 종종 과거로 돌아가고 싶다고 말하곤 합니다. 하지만 10년 후의 관점에서 보면, 바로 '지금'이야말로 미래의 내가 돌아가고 싶어 하는 과거가 될 것입니다. 그렇다면 굳이 후회할 필요 없이, 10년 후의 내가 하고 싶다고 생각할 일을 지금 해보는 것은 어떨까요?

즉, '10년 후의 내가 하고 싶어 하는 일을 우선해서 하자'라는 사고방식으로 바꿀 수 있습니다. 또한, 시간의 축을 더 길게 잡아 '100년 후의 관점'에서 바라보는 방법도 있습니다. 100년 후에는 지금 숨 쉬고 있는 우리 모두가 결국 재로 변해 있겠지요.

저는 '그만 됐어'라는 말을 자주 합니다. 실제로 세상일의 대부분이 그렇게까지 중요하지 않기 때문입니다. 인생도 마찬가지입니다. 바짝 긴장하며 애를 쓰고 살아야 할 만큼 중요한 일은 많지 않습니다. 100년 후에는 결국 모두가 사라질 테니까요. 이렇게 생각하면 대수롭지 않은 일이나 싫은 사람에게 휘둘리며 살 필요가 없다는 걸 깨닫게 됩니다. '나답게 살자' '내가 하고 싶은 일을 하자'라는 마음이 더 강해질 것입니다.

당신은 당신을 위해서 살면 됩니다. '누군가에게 휘둘리거나 지배당하지 말자'라고 스스로에게 반복해서 말해주세요.

남들이 부러워할 만한 사진을 소셜 네트워크에 올릴 필요도 없고, 완벽할 필요도 없습니다. 그저 매일 자신을 위해 열심히 살면 됩니다. 어쩔 수 없이 진흙탕 속을 뒹굴며 힘겹게 살아가고 있는 자신을 이제는 인정해주세요. 그리고 그런 자신을 위로하고 보살펴 주세요. 당신은 누구를 위해 배려하고 희생하고 있나요? 당신의 인생은 당신의 것이고, 당신만의 이야기입니다.

> ☆ 포인트
>
> 대부분의 일은 '그만하면 됐다'하고 넘기고, 자신의 인생을 살자.

세상 일을 넓은 관점에서 바라볼 수 있도록 하자.

세상 일을 긴 시간의 축으로 바라볼 수 있도록 하자.

지금 내가 고민하는 문제는

10년 후에는 아무것도 아닐 것이다.

나는 나를 위해서 살면 된다. 누군가에게 휘둘리거나

지배당하지 말라고 반복해서 나에게 이야기하자.

야 비켜, 나먼저 행복 할게

초판 1쇄 인쇄 2025년 4월 3일
초판 1쇄 발행 2025년 4월 16일
지은이 | 후지노 토모야
옮긴이 | 이지현
펴낸이 | 金禎珉
펴낸곳 | 북로그컴퍼니
책임편집 | 한홍비
디자인 | 김승은
주소 | 서울시 마포구 와우산로 44 (상수동), 3층
전화 | 02-738-0214
팩스 | 02-738-1030
등록 | 제2010-000174호

ISBN 979-11-6803-114-2 03830